Melinda Metz

wuchs im kalifornischen San José auf und lebt heute in Los Angeles. Bevor sie als freie Schriftstellerin zu arbeiten begann, war sie als Drehbuchautorin für verschiedene Fernsehserien tätig. Spätestens seit ihrer Zusammenarbeit mit R. L. Stine hat sie eine Vorliebe für spannungsgeladene Texte, in denen übernatürliche Phänomene eine tragende Rolle spielen.

Melinda Metz

Mörderischer Verrat

Übersetzt aus dem amerikanischen Englisch
von Dorothee Haentjes

Bibliografische Information Der Deutschen Bibliothek

Die Deutsche Bibliothek verzeichnet diese Publikation in der
Deutschen Nationalbibliografie; detaillierte bibliografische Daten sind im
Internet über http://dnb.ddb.de abrufbar.

Folgende Titel sind bisher erschienen:

1. Tödliche Gedanken
2. Eiskaltes Spiel
3. Dunkles Erbe
4. Gefährliches Geheimnis

Der Schneider Verlag im Internet:
www.schneiderbuch.de

© 2003 by Egmont Franz Schneider Verlag GmbH, München
Alle Rechte vorbehalten
© 2001 by 17th Street Production, a division of Daniel Weiss Associates, Inc.,
New York, and Melinda Metz
Published by arrangement with HarperCollins Children's Books,
a division of HarperCollins Publishers, Inc.
Vermittelt über die literarische Agentur Thomas Schlück GmbH,
Garbsen
Originaltitel: *betrayed*
Übersetzung: Dorothee Haentjes
Umschlaggestaltung: HildenDesign, München / A. Barth
Motiv: The Image Bank, München und Eigenarchiv HildenDesign
Herstellung/Satz: FIBO Lichtsatz GmbH, Unterhaching
Druck/Bindung: Westermann Druck Zwickau GmbH, Zwickau
ISBN 3-505-11855-9

03 04 / 8 7 6 5 4 3 2 1

... WIE ALLES BEGANN

Rae Voights Leben ist perfekt. Sie geht auf die High-school, sieht gut aus, ist sehr beliebt und mit Marcus, dem Mädchenschwarm der Schule, zusammen. Doch plötzlich geschieht etwas Unfassbares. Rae hört Stimmen ... Sie fühlen sich an wie fremde Gedanken, die in ihrem Kopf herumspuken. Rae hat keine Ahnung, wo sie herkommen oder wie sie diesem Alptraum entfliehen kann – und sie hat panische Angst. Angst vor den fremden Gedanken und davor, genau wie ihre verstorbene Mutter in einer Nervenheilanstalt zu landen.

Doch es kommt, wie es kommen muss: Eines Tages dreht sie völlig durch und wird in die Psychiatrie eingeliefert. Sie schafft es zwar den Ärzten glaubhaft vorzuspielen, sie sei geheilt und wird daraufhin wieder entlassen, muss jedoch an einer Gruppentherapie teilnehmen.

In der Therapiegruppe findet Rae in Anthony und Jesse neue Freunde. Auch mit Yana, einem Mädchen, das in der Psychiatrie gejobbt hat, freundet sie sich an. Und Freunde – die hat sie jetzt bitter nötig, zumal sich alle alten Freunde von ihr, der „Irren", abgewandt haben. Auch Marcus.

Anthony erkennt als Erster, dass Rae nicht krank ist, son-

dern eine besondere Gabe besitzt: Sie kann aus den Fingerabdrücken anderer Leute deren Gedanken lesen. Rae beginnt, diese Fähigkeit zu nutzen. Dabei wird sie aber auch
mit einer schrecklichen Wahrheit konfrontiert: Offenbar
wird sie von jemandem verfolgt. Und dieser Jemand trach-
tet ihr nach dem Leben.

Als Jesse unter mysteriösen Umständen verschwindet und
Rae klar wird, dass er entführt wurde, beschleicht sie eine
dunkle Ahnung: Nicht nur ihr eigenes Leben, auch das Leben ihrer Freunde ist in Gefahr. Zusammen mit Anthony
und Yana setzt Rae alles daran, Jesse zu finden. Als sie ihn
schließlich aus einer alten Lagerhalle befreien können, sind
seine Gedanken wie ausgelöscht. Rae vermutet, dass der
unbekannte Entführer, der sie verfolgt und überall beobachtet, auch eine besondere Fähigkeit besitzt. Es scheint,
als ob er die Erinnerungen anderer Menschen löschen und
ihnen seine eigenen Gedanken aufzwingen kann. Und es
scheint, als ob er Rae testen will – bevor er sie tötet.

KAPITEL  EINS

Rae Voight schloss die Augen. Sie fühlte, wie ihr Körper in ihrem weichen Bett versank. Tiefer und tiefer, auch ihre Atmung wurde tiefer. Langsamer. Dann ging ein Zucken durch ihr rechtes Bein. Ihr Kopf fuhr zurück. Sie schlug die Augen auf. „Du bist nicht mehr dort", flüsterte sie und hoffte, dass die laut ausgesprochenen Worte ihr halfen, es zu glauben. „Du bist zu Hause. Du bist in Sicherheit."

In Sicherheit. Aber für wie lange? Die Männer, die sie und Yana im Motel 6 gefangen gehalten hatten, hatten das, was sie herausfinden wollten, nicht herausgefunden. Wer immer sie gewesen waren, sie waren nicht an ihr Ziel gelangt. Rae glaubte nicht, dass sie aufgeben würden, bevor sie tot war. Oder bevor die Männer tot waren.

Raes Augen begannen zu brennen. Sie musste blinzeln, wollte aber ihre Augen nicht wieder schließen, nicht einmal für den Bruchteil einer Sekunde. Wenn sie es dennoch tat, würde es passieren. Dann wäre sie wieder im Motel 6, gefesselt, hilflos. Rae musste blinzeln. Sie musste einfach. Sie schloss die Augenlider – und sah sich auf dem Boden des Hotelzimmers liegen. Sie konnte fühlen, wie die dicke, knubbelige Augenbinde auf ihre Augen drückte, obwohl ihre Augen jetzt schon wieder geöffnet waren.

Licht. Sie brauchte Licht. Rae setzte sich im Bett auf und schaltete ihre Nachttischlampe an. Wenn sie schon Todesangst bekam, sobald sie die Augen nur zum Blinzeln schloss, würde sie niemals einschlafen können. Sie sah auf ihren Wecker – es war kurz nach vier Uhr morgens. Gott sei Dank! In etwa einer Stunde konnte sie aufstehen, ohne dass ihr Vater einen Anfall elterliche Überfürsorge bekam. Rae blinzelte, so schnell sie konnte. Das Licht half tatsächlich ein wenig, sogar während des Blinzelns.

Ein Plan. Ich brauche einen Plan, dachte sie. Aber ihr Hirn war leer wie eine gecrashte Festplatte. *Na gut, dann werde ich eben Yana und Anthony um Hilfe bitten. Vielleicht auch Jesse. Ich werde sie alle fragen, ob wir uns später bei mir treffen können ...*

Raes Herzschlag verlangsamte sich, doch dann durchfuhr sie ein eisiger Schreck. Auf dem Flur war jemand. Er versuchte leise zu sein, aber Rae war sich sicher, dass dort jemand war. Wenn er es wieder war – ihr Entführer? Der falsche Gasmann. Der Mann, dem sie gegenübergestanden hatte, ohne zu ahnen, wozu er in der Lage war. Sie hörte das Rascheln von Stoff an der Wand. Ein Ärmel? Ein Hosenbein? Und dann – genau in diesem Moment – das sanfte Knarren einer Bodendiele.

Rae kannte diese Diele. Es war die lose Diele, die etwa drei Schritte vor ihrem Schlafzimmer lag. Wer auch immer sich dort draußen befand, war nah. Sehr nah. Raes Blick wanderte zum Fenster. Geschlossen. Verriegelt. Sie würde nicht genug Zeit haben, um ...

Ein leises Quietschen unterbrach ihre Gedanken. Rae blickte gehetzt zur Tür, ihre Augen hefteten sich auf den Türknopf, den Türknopf, der sich drehte. Sie öffnete ihren Mund, wollte schreien – da trat ihr Vater ins Zimmer.

„Dad", rief Rae, und das Wort kam krächzend aus ihrem trockenen Hals.

„Ich habe Licht bei dir gesehen. Ich war kurz im Bad", sagte er und vergrub seine Hände in den tiefen Taschen seines verschlissenen Bademantels.

„Ich habe, äh, gelernt. Für den Geschichtstest morgen", erklärte Rae und merkte einen Moment zu spät, dass sie kein Buch in der Hand hatte, kein Heft und nichts.

„Ehrlich gesagt ... ich habe gelogen", sagte ihr Vater. „Ich konnte nicht schlafen."

„Ich auch nicht", gab Rae zu. Sie schob sich ein wenig näher an das Kopfende heran, sodass sie sich dagegen lehnen konnte.

Ihr Vater setzte sich auf die Bettkante. „Mir ging immer wieder durch den Kopf, was ich alles zu dir gesagt habe, als du von dem Konzert nach Hause gekommen bist. Ich war zu streng. Ich ..."

„Nein. Du hattest Recht. Es war wirklich falsch, einfach nur anzurufen und zu sagen, dass ich nach dem Konzert irgendwo übernachten würde, und erst am nächsten Morgen wieder nach Hause käme."

Rae hatte ihm nicht erzählt, dass sie von einem Entführer dazu gezwungen worden war, ihn anzulügen. Wenn ihr Vater gewusst hätte, was am Samstagabend wirklich passiert war, würde er sie niemals wieder aus den Augen lassen. Und er selbst würde wahrscheinlich ein Magengeschwür bekommen. Rae konnte sich noch gut daran erinnern, wie er ausgesehen hatte, als er sie nach ihrem Zusammenbruch im Krankenhaus besucht hatte. Er hatte ausgesehen, als gehörte er selbst ins Krankenhaus, mit fahler Haut und Klamotten, die ihm viel zu weit waren, weil er so stark abgenommen hatte. So wollte Rae ihren Vater niemals wieder sehen. Schon gar nicht ihretwegen.

„Seit dem ... Sommer", begann ihr Vater.

Rae wusste, dass er eigentlich meinte, seit sie in die Psychiatrie gekommen war.

„Seitdem muss ich eine echte Plage gewesen sein."

Rae kicherte leise. Sie hätte niemals erwartet, dass ihr Vater so etwas sagen würde.

„Erst habe ich dir ein Handy gekauft, damit ich immer weiß, wo du bist", fuhr er fort. „Und erinnerst du dich, dass ich eine Haushälterin einstellen wollte, die bei uns wohnen sollte?"

„Ja. Ich erinnere mich", sagte Rae. Es hatte sie mindestens eine Woche gekostet, ihm das auszureden.

„Ich möchte, dass du weißt, dass es nicht daran liegt, dass ich kein Vertrauen zu dir habe. Du bist vernünftiger als die meisten meiner Studenten", sagte ihr Dad. Er rieb den Höcker auf seiner Nase, den Höcker, den Rae geerbt hatte. „Aber ich fürchte, ich werde mir immer um deine Sicherheit Sorgen machen, selbst wenn du irgendwann so alt bist wie ich jetzt. Letzten Sommer ... nein, letztes Frühjahr oder letzten Herbst, oder vielleicht auch noch früher hätte mir auffallen müssen ..."

„Nein", fiel Rae ihm ins Wort. „So ... so war es ja gar nicht. Es kam alles ganz plötzlich. Es gab nichts, was du hättest sehen können."

Und das stimmte. Raes Fähigkeit, Fingerabdrücke zu lesen, hatte eingesetzt, als wäre ein Schalter umgelegt worden. Zuerst hatte sie gedacht, dass sie verrückt würde, dass sie Stimmen in ihrem Kopf hörte, wie ein Psychopath. Dann war sie dahinter gekommen – oder besser gesagt: Anthony Fascinelli war dahinter gekommen, was wirklich los war. Sobald Rae einen Fingerabdruck berührte, empfing sie die Gedanken desjenigen, der diesen Fingerabdruck hinterlassen hatte.

„Dad, ich bin jetzt wieder ganz okay. Ehrlich", fügte sie hinzu.

„Ich denke, wir sollten beide ein bisschen schlafen", antwortete ihr Vater. Er knipste die Lampe aus. „Das nächste Mal, wenn du nach einem Konzert oder etwas anderem irgendwo übernachten willst, fragst du einfach vorher. Vielleicht schaffe ich es ja, dir zu erlauben, mein Blickfeld kurzfristig zu verlassen."

„Ich werde fragen", versprach Rae, als er hinausging.

Ihr Vater schloss die Tür und hinterließ das Zimmer in völliger Dunkelheit. Rae bemerkte, dass sie während des Gesprächs geblinzelt hatte, ohne traumatische Erinnerungsblitze gehabt zu haben.

Ich muss mich also nur ablenken, dachte sie. Im Moment fiel ihr nur eine Sache ein, die sie dazu bringen konnte, jedes Molekül ihres Hirns zu beanspruchen, nachdem sie nun wieder allein im Dunkeln war ... Der Kuss. Dieser Kuss zwischen Anthony und ihr, der ihre Körper zum Schmelzen gebracht hatte; nachdem er sie in dem Motel gefunden hatte, zu ihr gestoßen war und sie in Sicherheit gebracht hatte.

Rae schloss die Augen und versuchte, sich an jede Einzelheit zu erinnern. Seine Hand hatte sich in ihre Haare gewühlt und dabei mit den Fingern ihren Nacken gestreift. Diese kleine Berührung hatte schon ausgereicht, um Lava durch ihren ganzen Körper fließen zu lassen. Aber Anthonys hatte seine andere Hand unter ihr Shirt auf ihren nackten Rücken gelegt. Und sein Mund ... Gott! So ein Gefühl hatte sie noch nie gehabt. Niemals. Es kam ihr vor, als wäre sie die ganze Zeit mit ihrem Körper auf Stufe sechs durchs Leben gelaufen, und Anthony hatte ihn auf zehn gebracht. Allein die Erinnerung ließ durch Rae einen warmen Schauer zucken.

Jetzt werde ich erst recht nicht mehr einschlafen können, dachte sie.

Aber das war ihr egal. Das war es ihr wert, weiter wach zu bleiben. Immer und immer wieder rief Rae sich den Kuss ins Gedächtnis, und er nahm an Intensität noch zu. Als ihr Radiowecker zu spielen begann, konnte sie kaum glauben, dass Stunden vergangen waren. War sie vielleicht doch noch eingeschlafen? Wenn ja, hatte ein Traum genau an der Stelle eingesetzt, wo ihre Vorstellungskraft geendet hatte. Sie hatte jeden Moment mit Anthony verbracht, wach oder im Schlaf. Dessen war sie sich sicher.

Was soll ich anziehen? Dieser Gedanke trieb sie innerhalb von Sekunden aus dem Bett und auf die Füße. Sie lief zum Schrank, riss ihn auf und betrachtete seinen Inhalt.

Als ob Anthony überhaupt registriert, was du anhast, dachte sie.

Aber vielleicht registriert er es doch, nur eben so, wie Jungen es tun. Wahrscheinlich war er nicht mehr in der Lage zu sagen, was sie angehabt hatte, sobald er sie nicht mehr im Blickwinkel hatte. Aber er hatte zumindest einen Eindruck – sexy oder feminin oder sonst was.

Rae strich mit dem Finger über ihre Kleidung. Bei ihrem

kurzen Wildlederrock stoppte sie. Darin gefiel sie Anthony gut. Das hatte sie ihm angesehen. Wahrscheinlich konnte er nicht sagen, was für eine Farbe der Rock hatte oder aus welchem Material er bestand. Aber trotzdem war er eines seiner Lieblingsstücke. Rae kombinierte ihn mit einem hellblauen Kaschmir-Twinset und einem Paar flache Schuhe. Ihr war es egal, wenn sie mit hohen Absätzen größer war als Anthony. Aber sie war sich ziemlich sicher, dass er es nicht mochte.

Nachdem sie ihre Kleider sorgfältig auf das Bett gelegt hatte und dabei ihre eigenen alten Gedanken ignorierte, ging sie ins Bad. Sie brauchte eine Weile für die Schlammpackung für ihre Haare, und sie wollte noch schnell ihre Beine rasieren, damit sie den Rock tragen konnte.

Erst als das Wasser kalt wurde, kam Rae wieder aus der Dusche. Ihr war klar, dass ihr Vater Ärger machen würde, weil sie so viel heißes Wasser verschwendete – er meinte immer, dass es eigentlich für sie beide unmöglich war, den gesamten Vorrat des Heißwassergeräts auch nur annäherungsweise aufzubrauchen.

Aber das war Rae egal. In weniger als einer Stunde würde sie Anthony wiedersehen. Dabei hatte sie ihn in letzter Zeit eigentlich ständig gesehen. Aber dieser Kuss – dieser Kuss hatte alles verändert. Für sie zumindest. Und so wie er sich verhalten hatte, als er sie am frühen Sonntagmorgen nach Hause gefahren hatte – nachdem sie Jesse und Yana abgesetzt hatten –, so still und ernst, war sie sich ziemlich sicher, dass es Anthony ähnlich ging.

Was soll ich nur zu ihm sagen?, überlegte sie, als sie begann, ihre Haare zu föhnen. *Soll ich den Kuss erwähnen – nein. Das wäre blöd. Aber soll ich mich denn so verhalten, als hätte sich nichts geändert? Einfach hallo sagen und ach so, ja, vielen Dank auch, dass du mein Leben gerettet hast und dann zu meinem Schließfach gehen?*

Was soll ich nur zu ihm sagen?, überlegte Rae immer noch, als sie eine Stunde später auf den Haupteingang der Sanderson Highschool zu eilte. Sie ließ ihren Blick über die Menge schweifen, und ihr Herz klopfte gegen ihre Rippen, als sie Anthony sah, der sich ans Geländer der Eingangstreppe lehnte. Einen Augenblick lang hatte sie das Gefühl, wieder in seinen Armen zu liegen und aus dem Motel hinausgetragen zu werden. Sie konnte sogar die Wärme seines Körpers fühlen.

Hat dieser falsche Gasmann Anthony und mich am Samstag auf dem Parkplatz des Motels gesehen?, überlegte sie. *Schmiedet er vielleicht schon einen neuen Plan, um endlich das zu kriegen, was er von mir will?*

Und um mich dann umzubringen?, fuhr sie in Gedanken unwillkürlich fort.

Du wirst aber auch bald einen Plan haben, erinnerte sie sich. *Zusammen mit Anthony, Yana und Jesse.*

Rae machte einen Schritt auf Anthony zu. In diesem Moment fasste sie jemand am Ellbogen. Rae zuckte zusammen.

„Entschuldigung. Habe ich dich erschreckt?", fragte Marcus Salkow.

Rae atmete kurz aus. „Ein bisschen. Ich habe dich nicht kommen sehen", sagte sie. Und wünschte schon, dass sie das nicht gesagt hätte. Sie wollte zu Anthony. Und zwar auf der Stelle.

Marcus wechselte unbehaglich von einem Fuß auf den anderen, was dem üblichen Marcus Salkow gar nicht ähnlich sah, dem Halbgott der Schule.

Ob er mich jetzt wieder fragt, ob ich mit ihm ausgehen möchte?, überlegte Rae. *Versucht er mich erneut zu überreden, wieder mit ihm zusammen zu sein, hier und jetzt?*

„Ich hab was für dich." Marcus zog eine längliche Samtschachtel aus seiner Football-Jacke und reichte sie Rae. „Ich möchte mich damit entschuldigen – dafür, dass ich so ein Idiot war, als du im Krankenhaus warst. Ich weiß, dass ich dir echt wehgetan habe. Ich hätte nichts mit Dori anfangen sollen, ohne es dir zu sagen und so."

„Das war nicht nötig." Rae ließ die Schachtel geschlossen. „Du hast dich schon entschuldigt und ..."

„Darum geht es nicht", fiel Marcus ihr ins Wort. Er knirschte nervös mit den Zähnen. „Ich möchte dir damit zeigen, dass du mir wirklich wichtig bist. Egal, was kommt. Ob du mich am Ende wieder magst oder nicht."

Rae betrachtete die Schachtel und überlegte, was sie sagen sollte. Zu viele Gefühle schwirrten in ihr herum, Zorn, Zuneigung und Traurigkeit.

„Mach sie doch mal auf", sagte Marcus leise.

Rae öffnete langsam den Deckel und sah auf dem Satinfutter der Schachtel ein Armband liegen. Das Sonnenlicht strahlte auf die Diamanten und verwandelte sie in weißes Feuer. Diamanten! Was sollte Rae jetzt bloß tun?

Rae. Sobald Anthony sie sah, kam es ihm vor, als würde sein Körper von Erinnerungen durchströmt. Er konnte ihre Lippen auf seinen fühlen. Er konnte ihre Arme um seinen Nacken spüren. Augenblicklich bewegte er sich auf sie zu. Er brauchte drei Schritte, bis sein Gehirn registrierte, was sie in der Hand hielt. Es war ein Armband, dieses dämliche Diamantenarmband, das Salkow für sie gekauft hatte.

Anthony zwang seinen Blick von Rae weg. Und tatsächlich – da stand Salkow neben ihr, mit einem idiotischen Grinsen im Gesicht. Wie hätte er auch nicht glücklich aussehen sollen, nachdem er Rae ein solches Geschenk überreicht hatte? Salkow hatte sich ja ziemlich in die Hose gemacht, ob es ihr gefiel oder nicht – er hatte es sogar Anthony gezeigt, um zu hören, was Anthony dazu meinte. Als ob es eine Frage gewesen wäre, dass nicht jedes Mädchen bei diesem Anblick in Ekstase geraten musste!

Anthony wandte sich um und ging wieder auf die Haupteingangstür zu. Was zum Teufel hatte er sich eigentlich dabei gedacht, Rae zu küssen, obwohl er doch gewusst hatte, dass Salkow wieder mit ihr zusammenkommen wollte? Sie hatte einen solchen Typen verdient, einen Typen, der es sich leisten konnte ...

„Anthony, warte mal kurz." Anthonys Herz schoss in seinen Hals hinauf, und sein Magen verlagerte sich in den leeren Raum in seiner Brust. Rae lief ihm nach. Er drehte sich um, wollte sie ansehen – sah stattdessen aber Jackie Kane vor sich. Seine Organe rutschten an ihre Plätze zurück.

„Du bist ja aus dem Krankenhaus zurück", sagte er. Ein völlig idiotischer Kommentar.

„Meine Eltern hätten mich am liebsten noch ein paar Tage zu Hause behalten, aber ich wollte so schnell wie möglich wieder hier sein. Umso kürzer die Zeit, in der getratscht werden kann", erklärte Jackie. „Wenn ich in der Schule bin, kann niemand sagen, dass ich an einer Überdosis Aspirin gestorben bin, oder dass ich irgendwo in einer Designer-Zwangsjacke stecke."

Anthony nickte. *Ist dieses Mädchen – dieses zurückhaltende, hochgeschlossene Mädchen – die echte Jackie?*, überlegte er. Sie hatte nichts mehr mit dem Mädchen gemein, das letzte Woche auf der Party bei McHugh den Wodka nur so in sich hineinlaufen ließ. Und absolut nichts mit dem Mädchen, das ihn gegen die Wand gedrückt und ihn geküsst hatte, dass er sich kaum noch auf den Beinen halten konnte.

„Ich wollte dir sagen ...", Jackie warf einen kurzen Blick über ihre Schulter, „meine Eltern und ich haben am Mittwoch unsere erste Familienberatung. In ein paar Wochen wird auch mein Bruder Philip an diesen Treffen teilnehmen."

Gut, dachte Anthony. Nach dem, was Jackie ihm erzählt hatte, beziehungsweise, was er aus ihr herausgepresst hatte, stellte Philip einen beträchtlichen Teil ihres Familienproblems dar. „War es schwierig, sie dazu zu bringen?", erkundigte sich Anthony.

„Der ... mein Selbstmordversuch hat ihnen mehr Angst gemacht, als ich gedacht hätte. Als die Ärztin ihnen sagte, dass ich eine Familienberatung wolle, haben sie so schnell wie möglich die Kreditkarte gezückt und uns angemeldet." Jackie lächelte kaum merklich. „Sie denken sicher, dass so eine Beratung weniger peinlich ist als das, was ich als Nächstes anstellen könnte. Und alles, was Rang und Namen hat, geht schließlich zu einem Therapeuten", fügte sie mit mehr als nur einem Hauch von Ironie in ihrer Stimme hinzu.

„Wenn du irgendwie mal darüber reden willst, ich meine, mit jemandem, der das nicht professionell macht, sag Bescheid", bot ihr Anthony an. Dann bemerkte er, dass ein Schnürsenkel an seinem Turnschuh offen war, und er bückte sich, um ihn zuzubinden.

„Danke", sagte Jackie.

Anthony band auch den Schnürsenkel des anderen Schuhs neu, obwohl er nicht offen war, dann richtete er sich wieder auf. „Ich muss zu meinem Schließfach."

„Ist gut", sagte Jackie schnell. Sie fädelte eine lose Strähne ihres blonden Haares in ihren Pferdeschwanz. „Ich will mich noch entschuldigen wegen ..." Sie zögerte. „Für das, was ich auf der Party mit dir gemacht habe. Ich war ..."

„Im Wodkarausch", endete Anthony für sie, um dieses Gespräch hinter sich zu bringen.

„Ja, genau", gab Jackie zu. „Ich habe wirklich jede Dummheit begangen, die mir einfiel – wie du ja schon im Krankenhaus gesagt hast. Nur damit meine Eltern mich beachten. Und du hast mich beim Ladendiebstahl beobachtet und mich betrunken Auto fahren gesehen ..." Jackie unterbrach sich plötzlich. Ihre Wangen wurden rot. „Damit wollte ich nicht sagen, dass dich zu küssen auch zu diesen Dummheiten gehörte."

Anthony fand, dass ihn zu küssen durchaus auf der Liste ihrer Dummheiten stand, aber das sagte er besser nicht.

„Normalerweise mache ich so was nicht", fuhr Jackie eilig fort. „Jedenfalls nicht sofort", fügte sie hinzu und sprach dabei so schnell, dass sie die Worte fast verschluckte.

Nachricht angekommen, dachte Anthony. *Ich habe verstanden, dass es selbst in der Hölle nicht die geringste Chance gibt, dass zwischen uns etwas passiert.*

Es klingelte zum ersten Mal. „Ich muss los", sagte Anthony und war richtig froh, dass der Unterricht begann. „Wir sehen uns." Er ging zum Eingang.

„Mach's gut", rief Jackie ihm nach. „Und noch mal danke."

Anthony hob nur kurz die Hand. Er wollte sich nicht umdrehen und sie noch mal ansehen.

Er drückte die Tür auf und betrat den Flur. Ein paar Mädchen lächelten ihn an oder sagten hallo – eigentlich mehr als nur ein paar Mädchen. Was aber nur daran lag, dass er sich auf dem Footballfeld gut machte. Das war auch der Grund, warum er überhaupt auf die Sanderson Highschool gehen durfte.

Keines von all diesen Lächeln bedeutete mehr als „das ist der Typ, durch den wir das Spiel gewonnen haben". *Ist es jetzt endlich in deinem Dickschädel angekommen?*, fragte er sich. *Jackie hat sich an dich rangeschmissen, weil sie das böse kleine Mädchen spielen wollte. Rae hat dich geküsst, weil du ihr das Leben gerettet hast.* Sonst hatte es nichts zu bedeuten. *Rae, Jackie und alle anderen Mädchen dieser dämlichen Schule, aber vor allem Rae – wollen einen Typen wie Salkow. Einen Typen, der zu ihnen passt.*

Rae ging aus dem Hintereingang hinaus und ließ auf der Suche nach dem Hyundai von Anthonys Mutter eilig ihren Blick über den Parkplatz schweifen. Sie wusste, dass

Anthony seine Mutter immer zur Arbeit brachte und dann das Auto haben konnte, bis es Zeit war, sie wieder abzuholen.

Zum Glück! Er steht noch da, dachte sie. *So sollte es auch sein.* Sie raste hinaus, aber in der Rae-Version von rasen, die nicht wirklich schnell war, sobald es zum letzten Mal geklingelt hatte. Ohne Anthony gesehen zu haben, würde sie den Rest dieses Tages nicht überstehen.

Ging er ihr aus dem Weg? War das der Grund, warum er sich in der Cafeteria nicht hatte blicken lassen? *Wenn ja, dann liegt es am Armband. Er hat gesehen, wie Marcus es mir gegeben hat. Ich bin mir ganz sicher. Und er ist hineingegangen, bevor er sehen konnte, dass ich es Marcus zurückgegeben habe.* Weiß der Himmel, was in diesem Moment in Anthonys Kopf vor sich ging.

Rae beschloss, sein Auto im Auge zu behalten. Das war der einzige Weg, um wirklich sicherzugehen, dass er sich nicht einfach verdrückte. Sie lief über den Parkplatz und stieß auf Yana Savaris leuchtend gelben VW-Käfer. Perfekt! Jetzt konnten sie und Yana zusammen nach Anthony Ausschau halten, während Rae Yana von dem Armband erzählte und davon, wie Anthony sich den ganzen Tag nicht hat blicken lassen. Yana würde ihr helfen, die Sache zu analysieren. Das gehörte zu den Aufgaben einer besten Freundin.

Bevor Rae bei dem Auto ankam, stieg Yana aus. Ein Blick

in Yanas Gesicht genügte, und alle Gedanken an Anthony waren aus Raes Kopf verschwunden. Sie lief auf ihre Freundin zu. „Was ist denn los?", fragte sie. „Sind die Typen vom Motel etwa wieder hinter dir her? Hat ..."

„Du weißt ganz genau, was los ist", fauchte Yana. „Tu nicht so, als wüsstest du es nicht." Ihre blauen Augen funkelten vor Zorn, und ihr Gesicht war gerötet.

„Wie bitte?", entgegnete Rae.

„Wie bitte?", wiederholte Yana, und ihre Lippen kräuselten sich spöttisch. „Das ist ja wohl unglaublich, dass du mich noch fragst, was los ist. Willst du vielleicht so tun, als hättest du nicht gewusst, dass das, was ich dir im Motel erzählt habe, ein Geheimnis ist?"

„Wie bitte?", Rae hatte diese Wörter eigentlich nicht schon wieder sagen wollen, aber sie hatte keine Ahnung, wovon Yana sprach. „Natürlich habe ich das gewusst", fügte sie schnell hinzu.

„Du hast es gewusst, aber du hast dich nicht darum gekümmert. Du musstest die kleine Heilige spielen und dich einmischen. Genauso, wie du es auch bei der Suche nach Anthonys Vater gemacht hast. Hast du eigentlich nichts daraus gelernt? Du hast überhaupt keine Ahnung von seinem Leben. Und von meinem weißt du auch absolut nichts", sprudelte Yana heraus.

Rae zwang sich, Yanas Blick standzuhalten, obwohl der Ärger, der aus ihren hellblauen Augen leuchtete, so heftig war, dass Rae das Gefühl hatte, dass er ihre Haut versengte. „Mal ganz von vorne, ja? Erklär mir einfach ...“

Yana schüttelte den Kopf, ihr gebleichtes blondes Haar fiel in ihr Gesicht. „Ah, ich verstehe. Du willst so tun, als wüsstest du nichts von dem Brief.“ Sie kam ein Stück näher, bis sie fast Nase an Nase mit Rae stand. „Meinst du vielleicht, weil du ihn nicht unterschrieben hast, wäre ich zu blöd herauszufinden, von wem er stammt? Ich habe nur einem einzigen Menschen von meinem siebten Geburtstag und dem Ballett erzählt – dir!“

Rae blieb wie angewurzelt stehen und widerstand dem Drang zurückzuweichen. „Ich weiß immer noch nicht, wovon du redest“, sagte sie und zwang sich, die Worte ruhig und gelassen auszusprechen. „Was für ein Brief?“

„Der Brief an meinen Vater. Der, in dem steht, wie sehr mich seine – was für ein Wort hast du noch mal verwendet? –, ach ja, seine Gleichgültigkeit, du hast geschrieben, wie sehr mich seine Gleichgültigkeit verletzt. Dann hast du die ganze Ballettgeschichte geschrieben. Wobei ich auch ohne sie herausgefunden hätte, dass der Brief von dir stammt. So war es doch, Rae.“ Yana drehte sich um.

Rae packte sie am Arm. „Ich war es nicht. Das musst du mir glauben. Weißt du nicht mehr, dass wir dachten, wir werden im Motel abgehört?“

„Ach ja. Und einer der Männer, die uns gekidnappt haben, hatte solches Mitleid mit mir, dass er meinem Vater einen

Brief geschrieben hat." Yana riss ihren Arm los. „Halt dich ab sofort aus meinem Leben raus."

„Du wirst doch nicht ..."

„Lass mich los", schrie Yana. „Und zwar sofort!"

Rae fühlte, wie ihr Tränen in die Augen stiegen. Sie bemerkte, dass sie und Yana die Aufmerksamkeit einer Menge Leute erregt hatten. „Gut", antwortete Rae. Offensichtlich würde es nichts bringen, jetzt mit Yana zu reden. Wenn es Sinn ergeben hätte, wäre es Rae egal gewesen, wie viele Leute dabei zusahen. Aber es ergab jetzt keinen Sinn.

Rae drehte sich um und ging zurück ins Schulgebäude, dann eilte sie zur nächsten Toilette. Sobald sie drin war, schloss sie sich in einer Kabine ein. Im selben Moment, als sich der Metallriegel in das Schloss schob, begannen die Tränen über ihr Gesicht zu laufen. Sie brannten auf ihren Wangen. Rae presste die Hände auf den Mund und drückte ihre Zähne gegen ihre Lippen. Sie konnte nichts dagegen machen, dass sie weinen musste. Aber sie wollte nicht, dass es jemand hörte.

Yana war ihre beste Freundin. Wie konnte sie glauben, dass Rae ihr ins Gesicht lügen würde? Rae riss eine Hand voll Toilettenpapier von der Rolle, dann rieb sie sich energisch die Augen.

Es reicht, dachte sie. *Durch Heulen kommt die Sache mit Yana nicht wieder ins Lot. Ich muss ihr beweisen, dass ich den Brief nicht geschrieben habe. Und das heißt, ihr denjenigen liefern, der es gewesen ist.*

Die Einzigen, die es gewesen sein konnten, waren die beiden Männer, die sie und Yana in dem Motel gefangen gehalten hatten. Rae war sich sicher, dass sie Yana und ihr zugehört hatten, auch wenn sie allein in dem Raum geblieben waren. Alles, was sie brauchte, waren Beweise.

Rae warf das durchweichte Toilettenpapier in die Toilette und drückte die Spülung. Die Männer hatten Yana wahrscheinlich den Brief geschickt, um sich an Rae zu rächen. Hatten sie damit gerechnet, dass Yana so reagiert? Hatten sie es darauf angelegt, dass Yana dachte, Rae hätte sie hintergangen?

Auf verzwickte Weise ist es logisch, überlegte Rae. Sie wussten, dass Yana zum Motel gefahren war, um Rae zu helfen. Darum versuchten sie jetzt, Yana und sie auseinander zu bringen.

Sie wollen, dass ich allein bleibe. Das ist der Sinn der Sache, schloss sie. *Sie wollen mich hilflos machen.*

Aber genau das wird ihnen nicht gelingen.

KAPITEL ZWEI

Anthony warf sich gegen die Trainingspuppe und schleuderte sie nach hinten. Er machte ein paar Schritte zurück, dann ging er erneut auf die Puppe los.
„Spar dir ein bisschen Kraft für das Spiel, Fascinelli", schrie Trainer Mosier.
Anthony nickte – dann warf er seinen Körper wieder, so heftig er konnte, gegen die Puppe. Er wollte sich überhaupt nichts sparen. Er brauchte den Schweiß. Den Zusammenprall. Den Schmerz. Das war das Einzige, was sein Hirn ausschaltete, das Einzige, was seine Gedanken dort hielt, wo sie sein sollten.
Anthony donnerte gegen die Puppe, stöhnte, während er wieder und wieder darauf losging.
„Wow, Anthony! Weiter so!", rief jemand von der Tribüne aus.
Anthony wischte sich den Schweiß aus den Augen und sah in die Richtung, aus der die Stimme gekommen war. Yana. Er hatte das Gefühl, als hätte er gerade einen Schlag in den Bauch bekommen. Wenn Yana hier war, hieß das, dass Rae auch da war. Er hatte die Mittagspause mit Gewichtheben

verbracht, damit er sie nicht treffen musste, und jetzt war sie hier. Er atmete tief ein und ließ seinen Blick über die Tribünen schweifen. Er konnte nicht anders. Keine Rae.

Okay. Also gut. Anthony senkte seine Schulter und griff die Puppe erneut an. Der stechende Schmerz, der seinen Arm durchbohrte, war ihm willkommen. *Konzentrier dich ganz darauf,* befahl er sich.

„Ab in die Duschen", rief der Trainer.

Anthony hatte noch keine Lust aufzuhören. *Dreh ein paar Runden,* forderte er sich selbst auf und begann sofort um das Feld herumzulaufen. Ja, er würde laufen, bis er irgendwo zusammenbrach. Denn das war es, was er brauchte, um nicht über sie nachdenken zu müssen. Und er durfte nicht mehr über sie nachdenken, sonst würde er verrückt werden. *Ein Diamantarmband, erinnerst du dich?,* fragte er sich. Warum hatte er sie geküsst? Wenn er das nicht getan hätte, wäre es viel einfacher ...

„Fascinelli, was machst du da?", rief Trainer Mosier.

„Ich dreh noch ein paar Runden", rief Anthony ohne seinen Schritt zu verlangsamen.

„Ich bin hier derjenige, der dir sagt, wann du ein paar Runden drehen sollst", antwortete der Trainer. „Und ich bin derjenige, der dir sagt, wann du duschen sollst. Ab in den Umkleideraum – und zwar auf der Stelle!"

Widerwillig verlangsamte Anthony sein Tempo auf Schrittgeschwindigkeit. Die Muskeln in seinen Schenkeln und

Waden brannten. Er wandte sich dem Sportgebäude zu. Im nächsten Augenblick merkte er, dass ihm jemand auf die Schulter klopfte.

„Hast du keine Zeit für deine Fans?", fragte Yana und fiel neben ihm in seinen Schritt ein.

„Wo ist Rae?" Die Worte platzten einfach aus ihm heraus, wie ein großer Rülpser nach einem Riesenschluck Cola. „Bist du hier mit ihr verabredet?"

„Ach, Rae, die habe ich vorhin gesehen", sagte Yana. „Und ich hoffe, ich werde sie nie wieder sehen."

„Wie bitte?" Das Blut in Anthonys Gehirn schwappte vom Training noch zu heftig herum. Er verstand nichts.

„Rae benimmt sich immer noch wie das kleine wohlhabende Mädchen, das uns arme Menschen vor unseren schrecklichen Leben bewahren muss", erklärte Yana, und ihre blauen Augen verengten sich zu Schlitzen. „Ich dachte aber, das wüsstest du schon."

„Wieso?" Anthony ging einfach weiter. Das war nicht die Art Unterhaltung, die er gern führen wollte. Allein schon von Rae zu sprechen, verschaffte ihm blitzartige Erinnerungen an den Kuss.

„Sie hat meinem Vater einen Brief geschrieben, in dem sie ihm vorwirft, dass er mich nicht richtig behandelt. Kannst du dir so etwas vorstellen?", fragte Yana. „Ich meine, hat sie denn aus dem Fiasko nichts gelernt, als wir deinen Vater gefunden haben?"

Im Gefängnis, fügte Anthony lautlos hinzu. Er fuhr sich mit den Fingern durch sein verschwitztes Haar. „Sie hat nur versucht ..."

„Willst du sie etwa verteidigen?", fiel Yana ihm ins Wort. „Gib dir keine Mühe. Ich weiß genau, wie sauer du auf sie warst. Ich war immerhin dabei, wie du dich vielleicht erinnerst."

„Allerdings", gab Anthony zu. Was wollte Yana von ihm? Hatte sie das ganze Training über dort gesessen, nur um über Rae herzuziehen? „Hör mal, ich muss jetzt da rein", sagte er zu ihr, als sie den Eingang zum Umkleideraum erreichten.

„Sollen wir uns nachher treffen?", fragte Yana unvermittelt. „Vielleicht tanzen gehen oder so? Wenn ich heute nicht irgendetwas unternehme, werde ich zu einer menschlichen Sprengbombe. Ich muss nur daran denken, was sie sich herausgenommen hat, und ich könnte ..." Yana stieß einen schrillen Schrei aus.

Anthony runzelte die Stirn. Hatte sie denn keine anderen Freunde? Oder vielleicht einen richtigen Freund? Er hatte sie für eins dieser Mädchen gehalten, die ein ganzes Bündel Jungen hatten, sodass sie nur mit den Fingern schnippen müsste, wenn sie einen brauchte.

„Ich bin kein großer Tänzer ...", begann Anthony.

„In New Orleans sah das aber ganz anders aus", meinte Yana. „Und ich hasse es allein auszugehen. Ich habe keine

Lust, von irgendwelchen Schleimbeuteln angebaggert zu werden. Ich will einfach tanzen."

Anthony schüttelte den Kopf. „Ich muss ..." Ja, was denn?, fragte er sich. *Zu Hause bleiben, mich um meine Geschwister kümmern und, äh, versuchen nicht an Rae zu denken.*

„Es ist nicht nur wegen Rae", fügte Yana hinzu, als Anthony in Schweigen versank. „Mein Vater hat mir klipp und klar gesagt, dass er mich bis spät abends nicht zu Hause gebrauchen kann. Ein heißes Date mit den typischen Begleiterscheinungen der Stunde. Als ob gerade ich dabei sein wollte, um Zeugin zu werden!"

Das konnte Anthony verstehen. Eine wunderbare Situation. Seine Mutter hatte im Lauf der Zeit eine ganze Reihe halb menschlicher Exemplare zu Hause angeschleppt. Anthony hatte viele Stunden damit verbracht, mit den Kindern ins Kino zu gehen oder zu McDonald's, damit sie aus dem Weg waren. Er fühlte einen Schuss Mitleid mit Yana. Vielleicht fragte sie gerade ihn, weil sie glaubte, dass er Verständnis haben würde. Und ihre übrigen Freunde nicht.

„Also gut. Warum nicht? Wo treffen wir uns?", fragte er.

„Im *Club 112* um neun", antwortete Yana.

„Ist gut. Bis dann." Anthony lief in den Umkleideraum und begann sich auszuziehen.

„Wer war denn die Kleine?", rief Sanders, sobald Anthony die dampfenden Duschen betrat.

„Du kommst uns nicht davon. Wir haben sie alle gesehen",

sagte McHugh. „Ist sie von deiner alten Schule? Hat sie einen Freund? Ich habe nämlich eine ganze Menge über die Mädchen von der Fillmore Highschool gehört. Interessante Sachen, die ich selbst gern mal ausprobieren würde. Ich meine, angeblich sind die ganz schön wild."

„Sehr charmant, McHugh", meinte Marcus. „Aber sag mal, hast du was mit ihr?", wandte er sich an Anthony.

„Ja." Das Wort sprang einfach aus Anthonys Mund heraus. Warum sollte er Marcus nicht glauben lassen, dass er mit Yana zusammen war? Das würde es einfacher machen, Rae in Ruhe zu lassen. Bis sie und Salkow wieder zusammen waren. Denn so würde es kommen. Das war jedem in der Schule klar.

Rae stieg aus dem Bus und lief weiter die Straße entlang. Als das Motel 6 in Sicht kam, begann ihr Herz in der Brust zu pochen. *Sie sind nicht mehr da*, sagte sie sich. Aber der mörderische Rhythmus ihres Herzens wollte sich nicht beruhigen.

Zögernd stieg sie die Außentreppe zur ersten Etage empor, dieselben Stufen, die Anthony sie hinabgetragen hatte. *Er wäre sicher mitgekommen*, dachte sie. *Auch wenn er mir aus dem Weg geht, er hätte nicht zugelassen, dass ich allein hierher komme.*

Sie sind nicht mehr hier, sagte sie sich wieder. *Du brauchst Anthony nicht, um dich beschützen zu lassen.*

Außerdem hatte Rae nach der Szene mit Yana allein sein wollen. Doch das wollte sie jetzt, an diesem Ort, lieber nicht mehr.

Die Männer sind nicht mehr hier, dachte sie wieder. *Aber wo mögen sie dann sein?*, schoss es ihr durch den Kopf. Sie schnaubte. Vielleicht sollte sie erst einmal herausfinden, wer diese Männer überhaupt waren. Bei einem von den beiden war sie sich sicher. Gut, vielleicht nicht ganz. Sie wusste, dass einer von ihnen in ihren Garten eingedrungen war und sich als Gasmann ausgegeben hatte. Sie hatte sogar mit dem Typen gesprochen – darum hatte sie seine Stimme wiedererkannt, als er sie im Hotelzimmer gefesselt hatte. Aber zu wissen, dass einer der beiden Typen ein falscher Gasmann war, half auch nicht besonders weiter. Sie konnte der Polizei ja noch nicht mal einen Namen nennen.

Die Frau, die ihr am Telefon gesagt hatte, dass sie zu dem Motel kommen sollte, hatte behauptet, dass Aiden sie dort treffen wollte. Daher bestand die geringe Chance, dass der andere Typ Aiden Matthews war, der Mann, dem Rae und Yana im Wilton Community Center begegnet waren, als sie versucht hatten, an Informationen über Raes Mutter heranzukommen. Aber Rae hatte die Stimme des zweiten Mannes nicht gehört, sodass sie nicht sicher sein konnte, ob er tatsächlich Aiden war oder nicht.

Doch irgendwie war es unlogisch. Rae hatte nicht den Eindruck gehabt, dass Aiden zu so etwas in der Lage gewesen wäre. Und außerdem kündigte man ja nicht an, wo man sich aufhielt, wenn man jemanden entführen wollte.

Rae erstarrte. *Sofern man nicht vorhat, die Person, die man entführt hat, umzubringen.* Dann wäre es egal. Gott, war der andere Typ vielleicht doch Aiden? Was wusste er über ihre Mutter? Durch die Berührung seiner Fingerabdrücke an jenem Tag, als sie im Center gewesen war, hatte Rae erfahren, dass Aiden etwas über Experimente wusste, die mit ihrer Mutter durchgeführt worden waren. Hatte er diese Experimente vielleicht beobachtet? Hatte er sie durchgeführt? Hatte er versucht, Raes Mutter zu helfen? Hatte er solche Angst, Rae könne die Wahrheit darüber herausfinden, was mit ihrer Mutter und den anderen Frauen in der New-Age-Gruppe geschehen war, dass er entschlossen war, Rae umzubringen?

Raes Herzschlag steigerte sich, bis er so schnell schlug wie die Flügel eines Kolibris. „Eins nach dem anderen", flüsterte sie und fühlte sich durch ihre eigene Stimme ein wenig beruhigt. „Du bist hier, um dir das Zimmer anzusehen. Über alles andere kannst du später nachdenken."

Sie stieg die letzten Stufen hinauf und drückte auf den Metallriegel, mit dem man die Tür öffnete. Sie empfing keinen einzigen Gedanken. Kein einziger Fingerabdruck. Was merkwürdig war. Das Motel 6 gehörte sicher nicht zu den Orten, die bis auf den letzten Fleck gesäubert wurden.

Vielleicht habe ich gerade den Tag der monatlichen Generalreinigung erwischt, dachte Rae. *Es muss nicht gleich bedeuten, dass jemand – zum Beispiel der falsche Gasmann oder Aiden – noch mal hergekommen ist und jegliche Beweise verwischt hat.*
Rae ging den Flur entlang zum Zimmer 212. Ihr Kopf fühlte sich schwerelos an, als hätte er sich in einen Heliumballon verwandelt, und sie schwankte auf ihren Füßen. *Mach nicht schlapp,* befahl sie sich. *Das ist wirklich nicht der Ort, an dem du in Ohnmacht fallen solltest.*
Sie schüttelte ihren Kopf heftig, und das Heliumballon-Gefühl verschwand ein wenig. *Aber wahrscheinlich bringt es gar nichts, Zimmer 212 anzuschauen,* überlegte sie. *Die Typen haben in diesem Raum doch sicher Handschuhe getragen.* Vielleicht hatte sie mehr Glück auf der gegenüberliegenden Seite des Flures, in dem Zimmer, in das man sie gebracht hatte, als sie zur Toilette musste. Es konnte ja sein, dass die Männer in ihrem eigenen Zimmer etwas sorgloser gewesen waren. Wenn sie ein paar Fingerabdrücke hinterlassen hatten, konnte Rae vielleicht wertvolle Informationen finden.
O. k., dann muss ich als Erstes also in diesen Raum. Am Ende des Flures entdeckte Rae einen Putzwagen. Sie ging darauf zu. Die Zimmertür, vor der der Wagen stand, war halb offen, und Rae steckte ihren Kopf hinein. „Äh, guten Tag", sagte sie zur Putzfrau. „Ich habe letzte Nacht in Zimmer 213 geschlafen, und ich glaube, ich habe mein Notizbuch

dort vergessen. Meinen Sie, ich könnte mal ..." Raes Stimme versagte. Die Putzfrau sah sie mit ausdruckslosem Gesicht an. Rae hatte das Gefühl, dass es vielleicht sinnvoller war, gegen eine Wand zu sprechen. „Es dauert nur einen Augenblick", fügte sie hinzu. Die Frau schwieg noch immer. Wo lag ihr Problem?

Geld. Vielleicht will sie Geld. Rae fummelte ihr Portmonee heraus, ließ sich von ihren alten Gedanken durchfluten, ohne auf sie zu achten. Sie machte den Reißverschluss der Brieftasche auf und nahm zwanzig Dollar heraus. Als sie sie der Frau reichen wollte, ließ sie den Schein fallen. „Entschuldigung", murmelte Rae. Sie wollte sich nach den zwanzig Dollar bücken, aber die Frau war schneller. Sie steckte den Schein schon in die Tasche, bevor Raes Finger auf halbem Weg waren.

„Komm mit", sagte die Frau. Ohne ein weiteres Wort ging sie zum Zimmer 213 voran und schloss die Tür auf. „Mach aber nicht so lange, o. k.", fügte sie hinzu, dann ging sie zurück zu ihrem Putzwagen.

Rae schlüpfte in das Zimmer und schloss die Tür hinter sich. Vom Türknauf nahm sie nichts auf, und in der Luft hing der Geruch von Desinfektionsmitteln.

Vielleicht ist ja trotzdem irgendwo ein Fingerabdruck übersehen worden, hoffte Rae. Sie begann mit ihrer Suche an der Kommode und ließ ihre Fingerspitzen über jeden Zentimeter gleiten. Nichts. Nur dass sie fettige Möbelpolitur auf die

Finger bekam. Sie ging ins Bad und wusch sich die Hände, dann setzte sie die Suche fort.

Das Medizinschränkchen. Nichts. Heiß- und Kaltwasserhahn. Nichts. Der Handtuchhalter. Nichts. Der Toilettengriff. Nichts. Das kleine Fenster. Nichts. Die Wassergläser – die waren natürlich gespült und trugen ihre kleinen Papierhäubchen.

Also gut, zurück zum Schlafzimmer. Die Fernbedienung des Fernsehers. Nichts. Das Telefon. Nichts. Das Telefonbuch. Nichts. Die Putzfrau hatte doch nie und nimmer das Telefonbuch abgewischt! Ganz offensichtlich hatte noch jemand das Zimmer geputzt. *Und ich wüsste zu gern, wer das war,* dachte Rae.

Die Kopfenden der beiden Doppelbetten. Nichts. Der Thermostat, nichts. Der Nachttisch. Nichts. Die Bibel. Nichts. Was sonst noch? Was noch? Rae sah sich im ganzen Raum um. Was konnte sie vergessen haben? Ihre Augen glitten hin und her, suchten und suchten. *Ich hab's!,* dachte sie. *Das kleine Plastikding, mit dem man den Vorhang beiseite zieht.* Sie lief hin und strich mit ihren Fingern darüber. Nichts. *Irgendetwas muss es doch geben,* dachte sie.

Die Lichtschalter! Die fasste doch nun wirklich jeder an. Nichts. Nichts. Nichts.

Rae versuchte es mit den Bettdecken, obwohl der starke Geruch nach Waschmitteln es unwahrscheinlich erscheinen ließ, dass sie etwas fand. Sie fand auch nichts.

Also gut, ich weiß – oder wenigstens bin ich mir ziemlich sicher – dass sie Yana und mich belauscht haben. Es gab also möglicherweise eine Wanze in unserem Zimmer. Aber was immer sie als Empfangsgerät benutzt haben, sie haben es wahrscheinlich mitgenommen. Darum nützt es jetzt auch nichts mehr.

Rae untersuchte den Papierkorb – leer – dann suchte sie ihn nach Fingerabdrücken ab und fand natürlich – nichts.

Wo könnte sonst noch etwas sein?, überlegte sie. Der Kleiderschrank. Mit zwei langen Schritten stand sie vor ihm. Der Türgriff war sauber. Und das Regalfach ebenfalls. Und auch das ausklappbare Ding, auf das man die Koffer legen kann. Langsam schloss sie die Schranktüren wieder und blickte sich noch einmal im Raum um.

Vielleicht sollte ich mal unter den Betten nachsehen, dachte sie. Für alle Fälle. Sie stellte sich in den schmalen Gang zwischen den Betten und legte sich auf den Bauch. Der Teppich roch nach Bier und Shampoo und Erbrochenem. Rae hielt sich mit einer Hand die Nase zu und sah unter das Bett auf der linken Seite. Nichts. Sie drehte sich auf die rechte Seite. Ni... –

Moment mal! Da war doch etwas. Etwas, das im schwachen Licht schimmerte. Rae steckte ihren Kopf unter das Bett. Es war nur ein kleines Stück durchsichtiges Plastik, aber sie konnte es ja mal probieren. Sie reckte die Hand, streckte sich, bis sich die Muskeln in ihrem Nacken verkrampften. Dann fuhr sie mit einem Finger über die kühle glatte Oberfläche.

/ *ihre Mutter umgebracht* /

Der Gedanke zündete auf ihrem Finger wie der Funke einer langen Zündschnur, einer Zündschnur, die ihren Arm hinauf führte bis tief in ihre Brust. Rae strich noch mal über das Stück Plastik.

/ *ihre Mutter umgebracht* /

Der Beigeschmack dieses Gedankens kam ihr irgendwie bekannt vor. Im Inneren von Raes Kopf stach es, während sie auf den Punkt zu bringen versuchte, an wen der Gedanke sie erinnerte. „Wer ist das?", murmelte sie. „Wer ist das nur?" Und dann fiel es ihr ein. Es war keine Überraschung – der Gedanke fühlte sich an, als stamme er von dem falschen Gasmann, von dem Mann, der sie gefangen gehalten hatte.

Rae konnte sich nicht verkneifen, das Stück Plastik noch mal zu berühren. Der Funke, den sie zunächst am Finger gespürt hatte, wanderte nun weiter hinauf.

/ *ihre Mutter umgebracht* /

Meine Mutter?, fragte sie sich. *Hat dieser Mann etwa meine Mutter umgebracht?*

Der Funke erreicht ihre Brust. Und Raes Herz explodierte.

Die kleine Tanzfläche des *Club 112* war proppenvoll. Anthony hatte gerade genügend Platz, um sich irgendwie im

Rhythmus der Musik mit Yana hin und her zu schieben. Was für ihn ganz in Ordnung war. Er war ohnehin ein lausiger Tänzer. Und das Gefühl von Yanas Körper, der sich wiederholt eng an seinem ... nun ja – es war ausgesprochen angenehm. Wenn er allerdings Rae so nah gewesen wäre ...

Mist! Jetzt war es ihm wieder passiert. Dabei war er doch mit Yana hier, damit er nicht zu Hause herumsaß und an Rae dachte, bis ihm das Hirn aus den Ohren quoll. Aber alle paar Sekunden erschien Rae vor seinem geistigen Auge und sah ihn wieder so an, wie sie ihn auf dem Parkplatz des Motel 6 angesehen hatte. Und er war wieder hin und weg von ihren blauen Augen.

„Was Rae und der Märchenprinz in diesem Moment wohl machen?", meinte Yana. Sie sprach direkt in sein Ohr, damit er sie trotz der hämmernden Musik hören konnte.

„Wer?", fragte Anthony, immer noch halb versunken in die Erinnerung an Raes Augen.

„Du weißt schon – Marcus. Was denkst du denn, wie sie sich die Zeit vertreiben?", antwortete Yana. Sie hakte ihre Finger in seine Gürtelschlaufen und zog ihn noch ein Stück näher an sich heran. „Im Internet surfen und die Entwicklung ihrer Geldanlagen verfolgen? Du weißt doch, dass Rae von ihrer Mutter eine Menge Geld geerbt hat. Das hat ihr Vater bestimmt für sie angelegt."

„Davon hat sie mir nie etwas erzählt", sagte Anthony, und

in seinem Kopf erschien ein Bild von Rae, Marcus und diesem verdammten Armband. Bedankte sie sich vielleicht gerade bei ihm dafür, irgendwo im Dunkeln, wo sein Range Rover oder sein BMW parkte – oder was für eine Nobelkiste er heute auch fahren mochte?

„Es ist ihr auch furchtbar peinlich", sagte Yana. „Zumindest vor Leuten wie uns. Wir sind wahrscheinlich die einzigen Minderbemittelten, mit denen sie sich jemals abgegeben hat."

Warum reden wir über Rae?, dachte Anthony. Das war das Letzte, was er wollte. Waren Yana und er nicht zusammen ausgegangen, um Dampf abzulassen? Und sie steigerte sich selbst immer noch mehr in ihren Ärger hinein.

„Das ist wohl auch der Grund, warum sie so verrückt nach Marcus ist. Sie sind doch das perfekte Paar", fuhr Yana fort.

Na gut, dann ist Rae also das Zweitletzte, worüber ich reden will, dachte Anthony. Das absolut Allerletzte worüber er reden wollte, war nämlich über Rae und Marcus und darüber, wie gut sie zusammenpassten.

„Liebt sie ihn denn noch?", fragte Anthony. Sofort hätte er sich am liebsten die Zunge aus dem Mund gerissen und auf die Tanzfläche geschmissen. Warum hatte er das gefragt?

„Das kann man wohl sagen", antwortete Yana. „Ob sie es zugibt oder nicht – Rae hatte die Sache mit ihm eigentlich nie verwunden."

„Und warum sind sie dann nicht zusammen?", brachte Anthonys dämonische Zunge ihn dazu zu fragen.

„Vielleicht will sie ihn nur noch ein bisschen länger büßen lassen." Yana schlang ihre Arme um Anthonys Taille. „Himmel, warum rede ich eigentlich die ganze Zeit von Rae? Ich bin doch so sauer auf sie! Sie ist das Letzte, woran ich im Moment denken möchte."

Anthony fühlte ihren warmen Atem an seinem Hals, dann an seinem Ohr. Sein Hirn schaltete ab. Es war, als hätte sein Ohr Drähte, die durch seinen ganzen Körper führten. Er konnte jetzt nicht mehr an Rae denken. Er konnte an gar nichts mehr denken. Diese Drähte in seinem Körper vibrierten, glühten. Elektrisierten ihn. Er würde wohl niemals mehr denken können.

Dann ließ Yana ihr Gesicht langsam näher an seines heranrutschen, und ihre Lippen drückten sich auf seinen Mund. Die Drähte, die ihn durchliefen, zerrissen. Der Strom hörte auf zu fließen. Ja, er konnte zwar noch die Hitze ihres Mundes auf seinem spüren, aber sein Hirn hatte zurückgeblättert. Und das Einzige, woran er denken konnte, war Rae. Als er sie geküsst hatte, war es ...

Lass das, befahl er sich. *Denk nicht an sie.*

Anthony senkte seinen Mund auf Yanas Halsansatz herab, schmeckte Schweiß und den bitteren Geschmack von Parfüm. *Hatten wir nicht einfach nur tanzen gehen wollen?*, dachte er. Aber das hier war besser. Allein durch Tanzen würde er sich Rae auf keinen Fall aus dem Kopf schlagen können. Wobei allein Küssen auf den Hals allerdings auch nicht richtig funktionierte.

Yana zog ihn noch näher an sich heran, und ein paar dieser Drähte fanden wieder zusammen. Sein Hirn flackerte, schaltete sich aber nicht ab. Jedenfalls nicht ganz. Auch wenn er es sich noch so sehr wünschte.

KAPITEL DREI

Vorsichtig legte Rae das Stück Plastik auf ihren Nachttisch. Seit sie vom Motel 6 zurückgekommen war, hatte sie es schon zu oft angefasst. Es war wie eine Narbe. Sie wusste, dass sie aufhören sollte, daran zu fühlen, aber es gelang ihr nicht.

/ *ihre Mutter umgebracht* /

Wenigstens war ihr mittlerweile klar geworden, dass es sich bei dem Gedanken nicht um ihre eigene Mutter handeln konnte.

Raes Mutter war in einem Krankenhaus gestorben, an einer merkwürdigen Verfallskrankheit. Einer Verfallskrankheit, die ihren Körper so schnell ausgezehrt hatte, dass den Ärzten keine Zeit zu einer Diagnose geblieben war.

Die Krankheit, die ich möglicherweise in einer veränderten Form auch habe, dachte Rae mit Schaudern. *Eine langsame Variante, von der ich taube Stellen bekomme, sobald ich Fingerspitzenkontakt mit jemandem hatte.*

Das ist nicht gerade das, woran du denken solltest, wenn du ins Bett gehen willst, sagte sie sich. Sie knipste ihre Lampen aus und schlüpfte unter die Laken. *Überleg lieber, um wessen*

Mutter es sich bei dem Gedanken gehandelt haben kann – das
verursacht dir wesentlich weniger Albträume.

Da war zum Beispiel Mandy Reese. Es wäre logisch gewesen, wenn der falsche Gasmann, der Rae hinterherspioniert hatte, an Mandys Mutter Amanda gedacht hätte. Mandys Mutter hatte zu dieser Gruppe am Wilton Center gehört, der Gruppe, in der auch Raes Mutter gewesen war. Zwei Tage bevor der falsche Gasmann – der FGM – Rae und Yana festgehalten hatte, waren die beiden Mädchen in dem Center gewesen und hatten eine ganze Reihe Fragen gestellt. Rae glaubte nicht, dass das ein Zufall war. Sie konnte sich vorstellen, dass der FGM nervös geworden war, weil er dachte, dass Rae drauf und dran war, etwas herauszufinden. Etwas über die Gruppe. Über die Experimente, was für Experimente es auch gewesen sein mochten. Vielleicht. Aber auf jeden Fall ging es um etwas, das Rae in dem Center hätte herausfinden können. Etwas über Raes Mutter. Was auch bedeuten konnte, etwas über Mandys Mutter.

Rae seufzte. Es gab viel zu viele Unbekannte in dieser Gleichung. Sie hasste Unbekannte. Wie diesen Typen namens Aiden, der ihnen eine Zwei-Minuten-Führung durch das Center gegeben hatte. Was war mit ihm los? War er tatsächlich der zweite Mann aus dem Motel? Oder hatte die Frau – wer immer sie gewesen sein mochte – nur Aidens Namen verwendet, weil sie wusste, dass Rae mit ihm gesprochen hatte?

Und warum wusste sie das? Weil sie mit dem FGM zusammenarbeitete, und der FGM hatte jeden Schritt, den Rae unternommen hatte, beobachtet? Anthonys Auto war verwanzt worden. Rae war mit einem Teleobjektiv fotografiert worden.

Rae rollte sich auf die Seite und vergewisserte sich, dass die Vorhänge geschlossen waren. Sie waren geschlossen. Aber der FGM konnte dort draußen sein, auf der Lauer liegen und darauf warten, dass Rae in sein Blickfeld kam. Ob er darauf wartete, sie zu töten? Vielleicht.

Es liegt daran, dass ich im Center einer Sache auf die Spur gekommen bin, dachte Rae. *Einer großen Sache. Aber ich werde nicht davor zurückschrecken. Ich will Yana beweisen, dass ich den Brief nicht geschrieben habe. Und ganz nebenbei – nicht, dass ich es vergesse – möchte ich herausfinden, wer mich umbringen will.*

Rae schauderte wieder. Sie wickelte sich in die Laken, bis sie so eng anlagen wie bei einer Mumie, aber ihr war immer noch kalt.

Weil du Angst hast, sagte sie sich. *Der einzige Weg, um herauszufinden, was du wissen musst, besteht darin, noch mal zum Wilton Center zurückzukehren. Und davor hast du Angst.*

***

Bring sie um. Bring sie um. Bring sie um. Bring sie um!
BRING SIE UM!

Ich will, dass Rae Voight stirbt. Das ist alles, woran ich denken kann. Es gibt da eine Stimme, eine Stimme, die sich nicht hundertprozentig wie meine eigene anhört. Und die die ganze Zeit in meinem Hinterkopf herumspukt. Bring sie um! Bring sie um! Bring sie um! Ist das die Stimme meiner Mutter? Ist ein Teil von ihr von den Toten zurückgekehrt?

Ma, wenn du hier irgendwo bist – mach dir keine Sorgen! Ich brenne so sehr auf Rache wie du. Und du musst mich nicht darum bitten, Rae zu töten. Ich sehne mich danach, es zu tun.

Aber ich kann nicht. Noch nicht. Nicht, bevor ich nicht weiß, wer außerdem noch hinter Rae her ist. Weil diese Person auch hinter mir her sein könnte.

Darum muss ich mich noch ein bisschen gedulden. Wir beide müssen uns gedulden. Aber ich schwöre dir, sobald es möglich ist, mache ich Rae augenblicklich fertig. Und bis dahin werde ich sie auf jede erdenkliche Art leiden lassen.

***

„Jedenfalls wollte Rae das Armband nicht haben." Marcus stöhnte und stemmte sein Gewicht von der Kraftbank in die Höhe.

„Sie wollte es nicht haben?", sagte Anthony. Er gab sich Mühe, sein Gesicht ausdruckslos erscheinen zu lassen, während er Marcus anblickte. *Sie wollte es nicht?*, wiederholte er lautlos. Welches Mädchen hätte bei diesem Armband nicht innerhalb eines Herzschlags zugegriffen? Bedeutete das, dass Rae ...

„Und was soll ich jetzt tun?", fragte Marcus und riss damit Anthony aus seinen Gedanken.

Wie komme ich eigentlich dazu, für diesen Typen den Beziehungsberater zu spielen?, dachte Anthony und wünschte, es wäre noch jemand im Kraftraum, der einspringen könnte. „Noch einmal hoch und runter", wies er Marcus an, um die Frage zu umgehen.

„Ich habe ihr das Armband ja nicht einfach entgegengeworfen", fuhr Marcus fort. „Ich weiß ja, dass es so nicht geht. Ich habe ihr gesagt, dass es mir Leid tut, was für ein Idiot ich war, als sie im Krankenhaus war und so weiter." Marcus stemmte das Gewicht über seinen Kopf.

„Du darfst deine Ellbogen nicht durchdrücken", erinnerte Anthony ihn. Aber Marcus hatte offenbar vor, ihm unter allen Umständen seinen Liebeskummer vor die Füße zu spucken. Darum würde Anthony nichts anderes übrig bleiben, als ein paar „Hmhs" und „Ahas" einzuwerfen und zu versuchen, sein Gerede einfach als Geräusch wahrzunehmen. Nicht als Wörter. Nur als Geräusch.

„Was will sie denn noch von mir? Was kann sie bloß noch wollen?" Marcus Atem ging stoßweise. „Ich kenne sie doch. Ich weiß, dass sie mich geliebt hat, als wir zusammen waren. Und das kann sich nicht geändert haben, jedenfalls nicht so schnell. Was will sie also?"

Verdammt. Anthony war es gelungen ein wenig von dem, was Marcus sagte, zu überhören. Aber die Worte „ich weiß, dass sie mich geliebt hat" aus Marcus' Mund – die hätte Anthony wohl ebenso laut und deutlich gehört, wenn er in Alaska oder sonst wo gewesen wäre. Sogar auf dem Grund des Ozeans.

Marcus legte das Gewicht zurück in die Halterung und setzte sich auf. „Du hast doch eine Freundin", sagte er und sah Anthony an. „Du musst mir helfen. Was muss ich tun, um Rae zurückzubekommen?"

Anthony fühlte sich, als hätten ihn zwei Riesen zu fassen bekommen, und jeder riss in eine andere Richtung. Er konnte fast spüren, wie die Haut an seiner Brust dünner wurde, sich straffte und kurz vor dem Reißen war. Der Anstand gebot es, Marcus bei dieser Sache mit Rae zu helfen. Das hätte Anthony wollen *sollen*. Aber wenn er sich Rae und Marcus zusammen vorstellte, wie sie ihn berührte, wie sie ihn küsste ...

„Ich bin dran", sagte Anthony. Er stupste Marcus mit dem Zeh an, und Marcus stand auf und wischte die verschwitzte Bank ab.

Anthony streckte sich darauf aus. „Leg zehn Kilo mehr drauf", wies er Marcus an. Es sollte wehtun. Es musste wehtun.

„Du glaubst doch wohl nicht, dass du mehr stemmen kannst als ich?", protestierte Marcus.

„Pack es einfach drauf", antwortete Anthony. Er schloss die Augen und legte einen Arm über seine Brust, sodass er seine freie Hand dazu benutzen konnte, seinen Arm weiterzurecken und so die Muskeln zu dehnen. Metall schlug auf Metall, während Marcus die Gewichte befestigte. Zumindest für ein paar Sekunden hielt er die Klappe. Anthony reckte jetzt seinen anderen Arm.

„O. k., ich bin fertig", sagte Marcus.

Anthony öffnete die Augen, hob die Arme über den Kopf und klammerte seine Finger um die Metallstange. Während er die Gewichte in die Höhe stemmte, stieß er einen langen kontrollierten Atemzug aus, und atmete wieder ein, als er sie herabließ. „Eins."

„Also, was soll ich tun?", fragte Marcus.

Verdammt. Anthony hatte gehofft, Marcus würde ihn zumindest die Trainingseinheit fertig machen lassen, bevor er wieder anfing. Anthony hob das Gewicht erneut hoch und konzentrierte sich auf seine schmerzenden Muskeln. War er denn verrückt, dass er versuchte, zehn Kilo mehr als Marcus zu stemmen?

„Was hat sie denn genau gesagt?", fragte Anthony und versuchte mit dem Herabsenken des Gewichts gleichzeitig zu sprechen und einzuatmen. Das war eine typische Mädchenfrage. Aber wenn er sich doch aufraffen und Marcus helfen wollte, musste er es wissen.

„Sie meinte, sie könne es nicht annehmen, weil es zu

wertvoll sei", antwortete Marcus. „Wahrscheinlich hat sie gedacht, wenn sie es annähme, hieße das, dass wir wieder zusammen sind. Ich habe ihr gesagt, dass es nichts zu bedeuten hat, wenn sie es annimmt. Dass sie es einfach nur haben sollte. Aber sie hat mir wohl nicht geglaubt."

„Ich würde dir auch nicht glauben", entgegnete Anthony und fixierte die Gewichte, während er sie wieder in die Höhe stemmte. „Du hast mir noch gesagt, du hast dafür ..." Er merkte, dass er keine Ahnung hatte, was so ein Armband kostete. „Eine ganze Menge Geld ausgegeben", endete er unter heftigem Keuchen. „Und du willst mir erzählen, dass du wirklich nicht damit gerechnet hast, dass Rae daraufhin zu dir zurückkommt?"

„Na ja, jedenfalls nicht sofort", antwortete Marcus.

„Aber irgendwann vielleicht doch", sagte Anthony.

„Ja", gab Marcus zu.

„Offensichtlich vertraut sie dir noch nicht", antwortete Anthony und machte eine Pause beim Stemmen. „Du musst ihr beweisen, dass du ihr diesmal treu bleiben willst." So. Jetzt hatte er es getan. Er hatte ihm einen Rat gegeben, ohne dass ihm das Blut aus der Nase zu fließen begann oder sonst etwas.

„Du meinst also, ich soll weiter versuchen, mit ihr befreundet zu bleiben? Einfach in ihrer Nähe sein?", fragte Marcus.

Anthony stöhnte und seine Arme zitterten, als er das Gewicht wieder in die Höhe stemmte. „Ja", stieß er hervor.

„Aber wie lange denn?", wollte Marcus wissen und klang so weinerlich wie Anthonys kleinster Bruder.

Spielt das eine Rolle? Denn wenn es eine Rolle spielt, willst du es nicht richtig, hätte Anthony Marcus am liebsten geantwortet.

„So lange wie nötig", zwang er sich stattdessen zu sagen.

„Wovor man sich fürchtet, ist ein großer Teil dessen, was man selbst in sich trägt", sagte Miss Abramson, während sie im Kreis der Therapiegruppe auf und ab ging. „Wovor man sich fürchtet, kann den Ausschlag dafür geben, was man tut – oder nicht tut. Wem man sich nähert und wem man aus dem Weg geht. Wovon man sich zu träumen erlaubt, und was einem Albträume bereitet." Sie klatschte kurz in die Hände. „Bildet jetzt bitte Zweiergruppen. Versucht so viel ihr könnt über die Ängste eures Partners herauszufinden."

„Rae, willst du ...", begann Jesse Beven.

Rae schleuderte schon ihren Metallstuhl herum, um ihm gegenüber zu sitzen. Sie wollte eigentlich mit niemandem über ihre Ängste reden – sie wollte noch nicht einmal an sie denken. Aber wenn man eine brave kleine Gruppentherapie-Teilnehmerin sein wollte, gehörte es dazu, alles Private auf Kommando herauszukotzen. Wenn man das nicht tat, blieb man bis zum Rentenalter in der Gruppe.

Wenn sie also schon alles ausspucken musste, spuckte sie es am liebsten vor Jesse aus. Er kannte wenigstens schon ihr großes Geheimnis. Er wusste, dass sie Fingerabdrücke lesen konnte. Er war außer Anthony und Yana der Einzige, der es noch wusste.

Jesse und Rae sahen einander an. „Ich glaube, ich fange mal an", sagte Jesse schließlich. Er begann mit einer Ferse auf den Boden zu hämmern, sodass sein Bein auf und ab hüpfte. „Ich habe irgendwie ... Angst vor Hunden. Vor großen Hunden. Wie Dobermännern."

Rae nickte, dann bemerkte sie, dass Miss Abramson sie beobachtete und nah genug bei ihnen stand, um hören zu können, was sie sagten. Rae unterdrückte ein Seufzen. *Tu es einfach*, sagte sie sich. *Mach die Show.* „Gibt es dafür einen Grund? Bist du vielleicht mal gebissen worden?" Das war zwar keine brillante Frage, aber sie brachte sich damit ein. Sie nahm teil. Dadurch verdiente sie sich ihren kleinen Goldstern für diesen Tag.

„Nein. Es hat noch nicht mal einer nach mir geschnappt." Jesses Bein begann schneller zu hämmern. „Aber ich hatte früher oft einen Albtraum, in dem ein großer Hund auf dem Flur vor meinem Zimmer saß. Ich bin dann immer aufgewacht und wollte ..." Jesse zögerte, strich sich mit den Fingern durch sein rotes Haar, als wenn ihm das helfen würde, die richtigen Worte zu finden. „Ich wollte ins Schlafzimmer meiner Mutter – meiner Eltern –, um bei ihnen zu schlafen. Ich war eben noch klein", fügte er schnell hinzu.

„Ich habe bis ich etwa drei Jahre alt war immer einen Teil der Nacht im Schlafzimmer meines Vaters verbracht", sagte Rae. „Manchmal bin ich nur ins Zimmer gegangen und habe am Fußende seines Bettes auf dem Boden geschlafen. Ich wollte ihn nicht aufwecken. Ich wollte nur bei ihm sein."

Jesse schenkte ihr ein dankbares Lächeln, dann fuhr er fort. „Ich bin immer aufgestanden und bis zur Tür gegangen und habe sie geöffnet. Und dann habe ich sie ganz schnell wieder zugemacht. Denn obwohl ich wusste, dass ich wach war, habe ich immer gedacht, dass der Hund noch da draußen ist. Manchmal konnte ich ihn knurren hören. Oder – du weißt schon – ich habe jedenfalls gedacht, dass ich ihn hören könnte. Und ich war mir ganz sicher, dass er mich umbringen würde, bevor ich zu meiner Mutter kam. Der Flur war eigentlich nur kurz, aber ..." Jesse zuckte die Schultern.

„Dann bist du also allein in deinem Zimmer geblieben?", fragte Rae, und ihr Herz krampfte sich anstelle des verängstigten kleinen Jungen zusammen, der Jesse gewesen war.

„Ja. Und ich habe mir immer weiter vorgestellt, wie groß der Hund war und wie er einfach durch meine Tür brechen würde, wenn er wollte. Mann, ich wette, ich habe über ein Jahr lang mehrmals pro Woche diesen Traum gehabt", sagte Jesse. „Und heute machen mir Hunde, ich meine große Hunde, immer noch Angst."

Ob dieser große Angst einflößende Hund die Traumversion von Jesses Vater ist?, überlegte Rae. Anthony hatte ihr erzählt, dass der Vater Jesses Mutter geschlagen hatte. Und sie hatte selbst gesehen, welche Angst Mrs Beven davor hatte, dass ihr Ex-Mann sie und Jesse aufstöbern könnte.

Rae fragte Jesse lieber nicht, was er von ihrer Vater/Hund-Theorie hielt. Natürlich wollte sie so viele Punkte wie möglich machen, um aus der Gruppe entlassen zu werden. Aber es gab Grenzen. „Große Hunde also", sagte sie. „Und was noch?"

„Was noch?", wiederholte Jesse. „Was noch? Was noch?"

„Du klingst schon fast wie Allison", flüsterte Rae. Allison hieß ein Mädchen aus der Gruppe, das jede Frage von Miss Abramson so lange wiederholte, bis ihr eine Antwort einfiel. Manchmal wiederholte Allison die Frage sieben oder acht Mal.

„Was noch?", sagte Jesse wieder, wobei er seine Stimme höher klingen ließ und einen herben Südstaatenakzent imitierte, wie ihn Allison hatte. Dann prusteten Rae und er los.

„Wie läuft es denn hier?" Miss Abramson zog sich einen Klappstuhl zu Rae und Jesse heran und setzte sich.

„Gut", antwortete Rae und unterdrückte ein Lachen.

„Ja, gut", sagte Jesse.

„Schön. Macht weiter. Ich werde einen Moment hier sitzen bleiben", sagte Miss Abramson. Sie kreuzte die Arme – ihre Ich-mach-Body-Building-Arme – über ihren Knien und beugte sich nach vorne, als ginge sie davon aus, dass das, was Jesse und Rae zu sagen hatten, faszinierend sein müsse.

„Ich habe Rae gerade erzählt, dass ich Angst vor Hunden habe – aber nur vor großen", sagte Jesse. „Jetzt ist sie dran." Rae verengte ihre Augen und sah ihn an. Jesse war eigentlich überhaupt noch nicht fertig. Aber Miss Abramson hatte ihren Blick – mit der Intensität eines Laserstrahls – schon auf Rae gerichtet.

Sag etwas, befahl Rae sich. *Irgendwas.* Aber sie kam sich vor, als hätte jemand ihr Hirn mit Desinfektionsmitteln gereinigt. Es war nichts mehr drin. „Äh, wovor habe ich denn am meisten Angst?", murmelte Rae ohne auf Jesses amüsiertes Prusten zu achten.

„Es ist nicht gerade ein Vergnügen – oder ganz leicht – darüber nachzudenken, das weiß ich", sagte Miss Abramson, und ihre braunen Augen waren immer noch auf Raes Gesicht fixiert. „Versuchen wir es mal aus einer etwas anderen Ecke. Wer oder was ist es, vor dessen Verlust du dich am meisten fürchtest?"

„Mein Vater", platzte Rae heraus. Die Antwort kam wie ein Gefühlssturm. „Und An... – und meine ... meine Freunde", fügte sie hinzu. Innerlich krümmte sie sich, weil ihr klar war, dass sie fast Anthony gesagt hätte – vor Jesse. Der natürlich jedes Wort Anthony berichten würde. Für Jesse war Anthony eine Art großer Bruder.

Miss Abramson beugte sich noch näher an Rae heran, so nah, dass Rae jeden Atemzug hören konnte. Warum atmete sie so schnell? Sie hechelte fast. „Noch etwas?", fragte Miss Abramson.

„Freunde und Familie, das sind die wichtigen Dinge", antwortete Rae und dachte einen Augenblick an Yana. Ihr Streit hatte dieses schartige Loch in Raes Innerem hinterlassen, ein Loch, das ständig schmerzte, egal, was Rae tat oder woran sie dachte. Aber ich werde mich wieder mit ihr vertragen, versprach sich Rae.

Rae konnte Miss Abramsons heißen Atem an ihrer Wange spüren. „Gut. Und vor welcher Art zu sterben hast du am meisten Angst?", fragte Miss Abramson, und ihre Stimme klang leise und eindringlich.

„Wie bitte?", rief Rae aus und stieß sich unwillkürlich ein wenig ab, sodass die Beine ihres Metallstuhls quietschten.

„Die Angst vor dem Tod ist wohl die größte Angst, die wir alle haben", erklärte Miss Abramson. „Aber vor welcher Art zu sterben hast du am meisten Angst? Vor einer langen, langsam fortschreitenden Krankheit? Zu ertrinken? Ein Brand?"

Dass mein Körper sich selbst verzehrt, wie bei meiner Mutter, dachte Rae. Sie brachte es nicht über sich, diese Angst laut auszusprechen, obwohl sie wusste, dass Miss Abramson begeistert wäre, wenn Rae sich so weit öffnen würde. „Äh, ertrinken wäre wahrscheinlich unter meinen Top Ten", antwortete Rae. „Ich kann nicht schwimmen, und ich habe Angst, wenn ich in tiefem Wasser bin."

Ob Anthony und ich unsere Schwimmstunden irgendwann fortsetzen?, überlegte Rae, und sie erinnerte sich an das Gefühl, wie sie im Wasser gelegen hatte, während seine Arme sie hielten. Die Stunden hatten geendet, nachdem Anthony herausgefunden hatte, dass Rae seinen Vater gesucht hatte – und Tony Fascinelli im Gefängnis aufgetrieben hatte. Aber Rae hatte immer geglaubt, dass sie irgendwann weitermachen würden. Denn wenn Anthony sagte, dass er etwas tun wollte, dann tat er es auch.

„Was wäre denn noch unter deinen Top Ten?", fragte Miss Abramson und rückte mit ihrem Stuhl wieder näher an Rae daran.

Himmel! Musste sie denn so lüstern klingen? „Ich – ich weiß nicht", murmelte Rae. „Wahrscheinlich das, was alle anderen auch sagen – ein Brand, Kra... –" Ihre Stimme versagte. „Krankheit wohl auch", endete sie.

Miss Abramson nickte, und Raes Muskeln entspannten sich ein wenig. Hoffentlich waren diese tiefsten Offenbarungen nun vorbei.

Es sieht nicht so aus, als ließe Miss Abramson mich jemals wieder gehen, dachte Rae, als sie zum Parkplatz des Oakvale-Instituts lief. Rae hatte den Gruppentherapie-Raum schon fast verlassen, als Miss Abramson sie noch einmal hereingerufen und ihr mitgeteilt hatte, dass das Gespräch über Ängste möglicherweise Albträume wecken konnte und dass Rae sie, wenn nötig, vor der nächsten Sitzung jederzeit anrufen könnte. Als wenn das passieren würde! Nun ja, das mit den Albträumen vielleicht schon, aber selbst dann hatte Rae nicht die Absicht, auf das Angebot zurückzugreifen. Diese kleinen Gruppentherapie-Sitzungen waren schon schlimm genug.

Rae setzte sich auf den Beifahrersitz des Chevette ihres Vaters und schloss die Tür mit einem sanften Klicken. Er hasste es nämlich, wenn die Tür seines *Babys* zugeknallt wurde.

„Wie war es denn heute?", fragte ihr Vater, während er ein Lesezeichen in ein neues Buch über König Artus einlegte.

Rae zuckte die Schultern. Wenn ihr Vater sich nach der Gruppe erkundigte, wusste sie nie, was sie sagen sollte. „Es war okay", entgegnete sie, während er noch keine Anstalten machte, den Schlüssel ins Zündschloss zu stecken. „Miss Abramson gibt sich wirklich Mühe mit uns. Sie sagt mir immer, dass ich sie auch zwischen den Sitzungen anrufen kann, wenn ich will." Was Rae beinahe schon zwanghaft vorkam, aber sie hatte das Gefühl, dass es ihren Vater freuen könnte.

„Das ist wirklich toll von ihr", meinte Raes Vater. Er ließ den Wagen an und fuhr vom Parkplatz. Als er an die Straße kam, legte Rae ihre Hand auf seinen Arm.

„Halt. Fahr rechts", platzte sie heraus. „Ich möchte, dass du mich bei Anthony absetzt – wenn du einverstanden bist. Er kann mich dann später nach Hause fahren."

„Ich lebe, um zu dienen – und den Chauffeur zu spielen", sagte ihr Vater und bog rechts ab.

Seit jenen zwei Sekunden gestern vor der Schule hatte sie Anthony nicht mehr gesehen. Er war mittags nicht in die Cafeteria gekommen, und sie hatte keinen Unterricht mit ihm gemeinsam.

Wenn sie ihn nicht bald wiedersah, würde sie verrückt werden. Sie wollte ihm wenigstens einmal in die Augen sehen können – vielleicht kam sie dann darauf, was er dachte und wie es ihm ging. Sofern er nicht schon vergessen hatte, dass er sie geküsst hatte. Sofern es für ihn nicht weiter der Rede wert gewesen war. Aber war das möglich?

Mal überlegen: Er hat dich gestern Abend nicht zurückgerufen. Aber das kann daran gelegen haben, dass sein kleiner Bruder ihm nichts ausgerichtet hat. Oder auch daran, dass er keine Lust hatte, musste sie einfach weiterdenken. *Denn anders als du hat er offenbar nicht das Gefühl aus der Haut fahren zu müssen, wenn ihr beiden nicht bald miteinander reden könnt.*

„Was ich dich noch fragen wollte – hast du irgendwelche Wünsche zum Geburtstag?", sagte ihr Vater und riss sie damit aus ihren Gedanken. „Möchtest du eine Party machen? Es wird ja schon knapp, aber bis zum Wochenende könnten wir es noch schaffen."

Eine Geburtstagsparty. Mit all meinen kleinen Freunden von der Schule. Wahrscheinlich stellt er sich die Sache mit Kerzen, Kuchen und Topfschlagen vor. Rae konnte sich ein Grinsen nicht verkneifen, als sie daran dachte, wie ihr Vater zu ihrem sechsten Geburtstag für die Dekoration große Blumen aus Bastelkarton ausgeschnitten hatte.

„Oder wir könnten auch ausgehen. Vielleicht ins Nacoochee, mit Anthony und Yana?", schlug ihr Vater vor. „Da gehst du doch gerne hin. Fischsuppe mit geröstetem Mais. Und Eisbecher mit Karamellsauce."

„Mal sehen", antwortete Rae. *Sofern Anthony es jemals freiwillig auf sich nehmen will, mich zu sehen,* fügte sie stumm hinzu. *Und wenn ich Yana bis dahin davon überzeugen kann, dass ich sie nicht hintergangen habe.* Sie hatte Yana gestern mindestens sechsmal auf den Anrufbeantworter gesprochen – ohne Erfolg.

„Was immer du dir wünschst – lass es mich wissen", sagte ihr Vater. „Du wirst ja nicht jeden Tag sechzehn."

Und vielleicht wirst du es ja auch gar nicht, sagte eine leise Stimme in Raes Kopf. *Vielleicht hast du das, was deine Mutter hatte. Und auch wenn es langsamer verläuft und du die tauben*

Stellen nur bekommst, nachdem du Fingerspitzenkontakt hattest, kann dein Körper jeden Tag damit loslegen. Rae schüttelte den Kopf, versuchte den Gedanken zu verscheuchen.

Dieser Gedanke – die Angst, an der verzehrenden Krankheit zu sterben, die ihre Mutter hatte – schnitt ihr etwa eine Million Mal am Tag ins Hirn. Sie konnte etwas ganz Normales tun, zum Beispiel sich die Zähne putzen, und dann – womm – sah sie plötzlich vor sich, wie ihr die Zähne ausfielen oder ihre Zunge verfaulte. Das komische Gefühl neulich auf ihrer Zunge mochte sich ja als Halsentzündung herausgestellt haben. Aber was sollte sie tun, wenn es wiederkam und es eben keine Halsentzündung oder irgendetwas anderes war, was einfach mit einer Dosis Antibiotika geheilt werden konnte.

„Bei der Ampel musst du links abbiegen", wies Rae ihren Vater an. Sie konzentrierte sich darauf, jedes Straßenschild zu lesen, an dem sie vorüberfuhren, weil sie ihr Hirn mit etwas Normalem und Angenehmem beschäftigen musste. Fast zu schnell bogen sie in Anthonys Straße ein.

„Das vierte Haus auf der linken Seite", sagte Rae. Die beiden letzten Worte kamen als raues Flüstern heraus, weil aller Speichel aus Raes Hals gewichen war. In der Einfahrt zu Anthonys Haus parkte ein knallgelber VW Käfer.

Was will Yana denn hier?, überlegte Rae verwirrt. *Sie und Anthony kennen sich doch nur, weil sie beide mit mir befreundet sind.*

Oder normalerweise mit ihr befreundet waren. *Vielleicht ist das der Grund, warum Yana hier ist,* dachte Rae hoffnungsvoll. Sie wusste, dass Yana sehr stolz war und es ihr nicht leicht fallen würde zu sagen, dass es ihr Leid tat, weil sie Rae so angegangen hatte. Darum war sie vielleicht zu Anthony gefahren, um sich Rat zu holen, wie sie sich mit Rae wieder vertragen konnte.

Rae zögerte, versuchte die Situation zu verarbeiten. *Aber wenn es so ist, soll ich dann ausgerechnet jetzt versuchen, mit einem von ihnen zu sprechen? Weder das eine noch das andere Gespräch ist für Zuhörer geeignet.*

Raes Vater fuhr zur Einfahrt von Anthonys Haus. „Soll ich hier warten, bis du weißt, ob Anthony dich wirklich nach Hause fahren kann?", fragte er.

Rae blinzelte. Stimmt ja, ihr Vater. Sie konnte doch nicht so plötzlich ihre Meinung ändern und ihm sagen, er solle umkehren und sie nach Hause fahren. Er würde sich Sorgen machen. Und wenn Raes Vater sich Sorgen machte, war das niemals gut.

„Es macht ihm bestimmt nichts aus, mich nach Hause zu bringen", sagte sie. So gut kannte sie Anthony. Wenn sie nicht von jemand anderem gefahren wurde, würde er sie bringen. Ob es ihm in den Kram passte oder nicht.

„Bis später", sagte sie zu ihrem Vater. Dann stieg sie aus dem Auto.

Okay. Ich stehe das durch, dachte sie. *Ich weiß ja, was ich Ya-*

*na sagen will ... und auch Anthony. Ich muss es nur noch he-
rausbringen.* Sie atmete tief ein und machte sich durch den
Vorgarten auf den Weg zum Haus. Durch das Fenster
konnte sie Anthony und Yana zusammen auf dem Sofa
sitzen sehen. Anthonys kleine Schwester saß zwischen
ihnen.

Sie atmete kurz durch. Der Anblick überraschte sie. Es sah
ganz so aus, als ... als würden sie einfach nur den Abend
miteinander verbringen. Fast so, als könnte Rae dabei
stören. Vielleicht sollte sie sich besser umdrehen und zum
Bus gehen, bevor ...

Zu spät. Anthony hatte sie entdeckt. Er sprang auf und lief
zur Haustür.

Jetzt ist es Schicksal, dachte Rae, *oder was immer es ist, das die
Entscheidungen für mich fällt.* Sie drückte die Schultern
durch und ging zur Tür, an der sie gerade in dem Moment
ankam, als Anthony öffnete.

„Ah, hallo", sagte sie. Das waren die einzigen Wörter, die
ihr einfielen. Sofern man „Ah" als Wort zählen konnte.

„Hallo", antwortete Anthony, ohne durch eine Bewegung
anzudeuten, dass er sie ins Haus lassen wollte.

„Was will die denn hier?", hörte Rae Yana rufen.

Damit wurde die Theorie, dass Yana sich aussprechen wollte, hinfällig. Rae fand den Ton in Yanas Stimme unerhört –
wie kam sie dazu, sich darüber aufzuregen, dass Rae zu
Anthony wollte?

„Willst du mich den ganzen Tag vor der Tür stehen lassen?", fragte Rae.

Ohne ein Wort zu sagen, machte Anthony einen Schritt nach hinten und ließ Rae eintreten. Das Erste, was sie sah, als sie eintrat, war Yana, die sie mit ihren vor Zorn funkelnden blauen Augen ansah.

„Hallo, Yana. Na?", brachte Rae hervor. „Wie gut ... wie gut, dass du hier bist. Ich wollte mit dir reden. Hast du meine Nachricht ..."

„Mit dir will ich nicht mal mehr im selben Raum sein", spie Yana aus. Sie drehte sich auf dem Absatz um, stolzierte über den Flur und verschwand in der Küche.

Raes Blut verwandelte sich in Lava. Sie wunderte sich, dass ihre Haut nicht rauchte. Yana war doch eigentlich ihre beste Freundin, und sie wollte Rae noch nicht mal zwei Minuten Zeit lassen, damit sie ...

„Sie ist wirklich stocksauer auf dich", murmelte Anthony.

„Tatsächlich? Von mir aus. Aber ich bin auch stinksauer auf sie", rief Rae aus. „Sie müsste mich gut genug kennen, um zu wissen, dass ich sie niemals hintergehen würde und ... ach, vergiss es. Das muss ich ihr sagen, nicht dir." Rae setzte einen Fuß in den Flur, aber Anthony fasste sie am Ellbogen.

Diese Berührung brachte alles wieder zurück, brachte den Moment zurück, als ihre Welt aus der Berührung seiner Hände bestand, aus seinem Mund auf ihrem.

„Lass mich mit ihr reden", sagte Anthony und drehte Rae so zu sich, dass sie ihn ansehen musste. „Das wird besser sein. Es wird besser sein, dass du gehst und ich ..."

„Du willst, dass ich gehe?", fragte Rae, und in ihrem Kopf begann es zu brummen.

Anthony ließ ihren Ellbogen los. „Ja. Es ist besser, wenn du gehst."

KAPITEL VIER

Ich bin die Einzige hier in diesem Bus, die ganz allein ist, fiel Rae plötzlich auf. *Na ja, abgesehen vom Fahrer. Und das ausgerechnet jetzt, wo ich zum Wilton Center fahre, wo offenbar mindestens einer oder auch mehrere Leute meinen Tod wollen. Wie dumm ist das? Hundert Prozent dumm? Kriminell dumm? Du-gehörst-in-die-Gummizelle-dumm?*
Wahrscheinlich alle drei Möglichkeiten gleichzeitig. Aber als Rae die von Anthonys Haus nächstgelegene Bushaltestelle gefunden und die Fahrpläne studiert hatte, war sie auf einen Bus gestoßen, der nur einen Häuserblock vom Center entfernt hielt. Ein paar Minuten später war der Bus gekommen, und Rae war eingestiegen. Es war ihr vollkommen richtig erschienen, dies zu tun. Allerdings war sich Rae jetzt, wo die nächste Haltestelle das Wilton Center war, nicht mehr ganz so sicher, ob es nicht dumm von ihr war. Tödlich dumm.
Der Bus schwenkte zur Haltestelle. Rae stieg aus und ließ die Leute im Bus hinter sich. *So etwas wie ein Plan wäre jetzt nicht schlecht,* dachte sie.
Der Weg bis zum Center war viel zu kurz. Für einen richtig

guten Plan brauchte man mindestens ein paar Kilometer. Und selbst für einen vagen Planentwurf immer noch mehr – als einen Häuserblock. Das war klar.

Am Rand des Parkplatzes zögerte Rae. *Vielleicht gibt es ja einen Hintereingang,* dachte sie. *Wenn ich mich zu Aidens Büro durchschlage, könnte ich kurz mit den Fingerspitzen ...*

Eine ziemlich große Frau kam aus dem Haupteingang des Centers geeilt. Rae wandte sich um und ging zurück Richtung Bushaltestelle. Vielleicht war die Frau ja nur eine Kursteilnehmerin des Centers. Aber Rae wollte von niemandem hier in der Nähe gesehen werden. Sie ging weiter, bis die Frau an ihr vorbeifuhr und nicht mehr zu sehen war. Bis ihr Auto nicht mehr zu sehen war, bemerkte Rae, und hatte das Gefühl, als ginge ihr eine cartoonwürdige Glühlampe im Kopf auf.

Na also, dachte Rae. *Jetzt habe ich doch einen Plan.* Sie wandte sich um und ging zurück zum Parkplatz. Aus ihrer Hosentasche holte sie ein Taschentuch hervor und wischte sich das Wachs von den Fingerspitzen. Es war immer ein komisches Gefühl, wenn sie das tat. Als zöge sie sich nackt aus.

So. Welches dieser Schmuckstücke gehört wohl Aiden?, überlegte sie, während sie ihren Blick über die Autos auf dem Parkplatz schweifen ließ. *Die Leute, die hier arbeiten, parken sicher ganz vorne.*

Rae lief zur Vorderseite des Parkplatzes, wobei sie sich an

der Seite hielt, die am weitesten vom Haupteingang entfernt lag. Das erste Auto in der ersten Reihe war ein – Rae hatte nicht die geringste Ahnung, was für ein Auto es war. Aber die Marke spielte ja keine Rolle, sondern nur, wem es gehörte. Rae strich leicht mit den Fingern über den Türgriff an der Fahrerseite. Sie empfing ein wenig Knistern und ...

/ *ich habe noch elf Punkte übrig* / *was meinte Suzi* / *Punkte für den Wein* / *überhaupt noch Punkte* / *Pizza-Punkte* /

Irgendwie kann ich mir nicht vorstellen, dass das Aidens Auto ist, dachte Rae. In ihrem Magen grummelte es, obwohl sie nicht hungrig war. Aiden machte nicht den Eindruck wie jemand, der mit dem Punktesystem der Weight-Watchers arbeitete.

Sie ging zum nächsten Auto, einer dieser Kombiwagen mit dem nachgemachten Holz.

/ Babydecke / Badger zu fressen geben / Nagel abgebrochen / etwas zum Duschen geschenkt /

Zu weiblich für Aiden, beschloss sie und bekämpfte den Schuss fremde Eifersucht, der zusammen mit dem Gedanken an das Geschenk zum Duschen aufgetaucht war.

Rae warf einen kurzen Blick zu den Fenstern des Centers, um sicherzugehen, dass ihr niemand bei ihrer bizarren Psycho-Girl-Show zusah.

Dann lief sie in gebückter Haltung zu dem Jeep, der neben dem Kombiwagen parkte und fuhr mit den Fingern über den Türgriff, wobei sie das Knistern überhörte, das sie immer empfing, wenn sich unter den neuen Fingerabdrücken alte befanden.

/ daran denken, Geld am Automaten zu ziehen / Verteilerliste / halb voller Tank / Jenny /

Oh, Moment, Moment, Moment, dachte Rae. Sie fühlte noch mal mit den Fingern über den Türgriff, wobei sie diesmal die oberhalb liegenden Gedanken ignorierte und sich auf das Knistern konzentrierte. Dazwischen hatten sich weitere Gedanken befunden, und aus einem hatte sie die Wörter „beiden Mädchen" herausgehört. Aber mehr auch nicht.

Rae versuchte es noch mal. Doch das Einzige, was sie empfing, waren diese verschwommenen Wörter. Dennoch, das Gefühl, das mit ihnen verbunden war, wurde deutlicher. Es war Angst, und sie ließ Rae in Schweiß ausbrechen.

Diese beiden Mädchen können Yana und ich gewesen sein. Der Gedanke kann von dem Tag stammen, als wir im Center waren und Aiden uns im Treppenhaus entdeckt hat, dachte Rae. Sie wusste, dass das ein gewagter Schluss war, dass die „beiden Mädchen" und das Gefühl von ganz anderen Situationen stammen konnten. Aber vielleicht ...

Wenn du es tun willst, dann tu es gleich, sagte sich Rae. Sie fasste an den Türgriff. Der Wagen war nicht abgeschlossen. Schnell und so unauffällig wie möglich stieg sie ein. *Bestätigung. Ich brauche Bestätigung,* sagte sie sich. Sie öffnete das Handschuhfach ...

/ ich brauche /

... und wühlte darin herum, wobei sie die fremden Gedanken durch sich hindurchfließen ließ, bis sie die Kfz-Zulassung gefunden hatte. Sie war ausgestellt auf den Namen ... Aiden Matthews.

Jetzt gibt es keinen Zweifel mehr: Es ist sein Auto, dachte Rae. *Aber was nun?* Ohne eigenes Auto konnte sie ihm nicht folgen. Nein, das stimmte nicht ganz. Sie konnte ihm vom Rücksitz aus folgen. Es war natürlich riskant, sich in das Auto eines wildfremden Mannes zu begeben und mit ihm wer weiß wohin zu fahren. Wobei der Begriff „riskant" wahrscheinlich noch untertrieben war. Allerdings gab es Dinge, die noch riskanter waren: Nicht zu wissen, wer sie verfolgte und nicht zu wissen, ob ihr Körper sich selbst zerstören würde. Außerdem hatte sie irgendwie das Gefühl, dass Aiden mit ihrer Entführung nichts zu tun hatte. Schließlich hatte sie bei den Fingerabdrücken nichts über die Entführung aufgenommen, und das wäre garantiert der Fall gewesen, wenn er der zweite Mann im Motel 6 gewesen wäre. Oder *wahrscheinlich* wäre es der Fall gewesen.

Ich werde nicht das verlorene kleine Opferlamm sein, beschloss sie, während sie auf den Rücksitz stieg. Sie krümmte sich auf dem Boden des Wagens zusammen und deckte sich – so gut es ging – mit der Jacke zu, die sie auf dem Rücksitz gefunden hatte.

Jetzt musste sie nur noch warten. Wenn sie weit genug

vom Center weg waren, würde Rae Aiden dazu bringen, an den Straßenrand zu fahren und mit ihr zu reden. Sie schnaubte verhalten. Klar, Rae Voight, die Nichtathletin des Jahres, würde einen erwachsenen Mann dazu zwingen, ihr zu gehorchen. Natürlich.

Aber vielleicht ist Aiden ja überhaupt nicht gefährlich, überlegte sie. Vielleicht. Rae schloss die Augen und versuchte nicht nachzudenken. Denken würde überhaupt nichts bringen. Es gab nichts zu planen. Alles hing davon ab, wie Aiden reagierte, wenn er merkte, dass sie hier war.

***

„Was soll dieser Blick?", fuhr Yana Anthony an. Sie klang sauer.

Anthony zuckte die Schultern. „Das ist mein ganz normaler Fernseh-Blick", antwortete er, nahm allerdings an, dass der Ausdruck auf seinem Gesicht in Wirklichkeit sein üblicher An-Rae-denken-Blick war.

„Du hast an sie gedacht, stimmt's?", nagelte Yana ihn fest. „Du machst dir Sorgen um sie."

Verdammt. Sollte er jetzt lügen? Oder es zugeben? Oder ihr sagen, dass es sie nichts anging?

„Können wir mal auf Pokémon umschalten?", fragte Anna.

Von der kleinen Schwester gerettet, dachte Anthony. Eigentlich machte es Spaß, sich mit Yana zu treffen. Sofern sie nicht gerade einen ihrer Rae-Anfälle hatte.

„Nein", sagte Danny, obwohl Anna Anthony gefragt hatte.

Danny muss mal die Haare geschnitten bekommen, fiel Anthony auf. Mit seinen langen blonden Locken, die immer länger wurden, sah er langsam wie ein Mädchen aus. Und das war nicht gerade etwas, was das Leben für einen Jungen auf der Mittelschule besonders angenehm machte.

„Du hast gar nichts zu bestimmen", sagte Anna zu Danny. „Anthony soll bestimmen. Er ist der Älteste."

„Pokémon, Pokémon, Pokémon", begann der dreijährige Carl zu fordern. Er war etwa dreißig Sekunden von einem Wutanfall entfernt.

„Entschuldigung", murmelte Anthony Yana zu.

„Schon gut", antwortete sie. Ihre blauen Augen waren jetzt nicht mehr schmal vor Ärger, und ihr Mund war wieder weich und nicht zu einer harten Linie zusammengepresst.

„Anthony, Carl und ich dürfen doch Pokémon sehen, oder?", fragte Anna. „Weil wir schon zu zweit sind."

„Pokémon", jaulte Carl, und sein Gesicht wurde rot. Jeden Augenblick würde er explodieren.

„Zack will aber auch nicht Pokémon sehen", sagte Danny zu Anna, und verpasste ihr einen kleinen Knuff. Anthony war klar, dass er nicht für seine Augen gedacht war.

„Zack ist aber gar nicht mehr hier", gab Anna zurück. „Er telefoniert. Mit seiner Freundin."

Zack hat eine Freundin? Holla!, dachte Anthony.

Carl atmete tief ein, und Anthony wusste, dass er jetzt gleich den Megaschrei ausstoßen würde.

„Wie wär's: Sollen wir etwas zusammen spielen?", fragte Yana.

Anthony sah sie überrascht an. Ebenso Danny, Anna und Carl, der plötzlich auf stumm geschaltet hatte.

„Was denn für ein Spiel?", fragte Anna und quetschte sich neben Yana auf das Sofa.

„Schon mal von ‚Sardinen' gehört?", fragte Yana und warf Anthony ein schelmisches Lächeln zu.

Anna rümpfte die Nase. „Diese Fische in Öl?"

„Daher kommt jedenfalls der Name", antwortete Yana und tippte Anna mit dem Finger auf die gerümpfte Nase. „Das Spiel geht wie Verstecken, allerdings darf sich bei ‚Sardinen' nur einer verstecken, und alle anderen müssen suchen."

Die Kinder mögen sie, dachte Anthony. Wer hätte gedacht, dass Yana mit Kindern umgehen konnte? *Vielleicht hätte sie gern Geschwister,* überlegte Anthony weiter. *Mit dem Vater und der jeweils aktuellen Spielgefährtin allein zusammenleben zu müssen, klang jedenfalls nicht gerade nach einem Picknick.*

„Und wenn du den, der sich versteckt hat, findest, versteckst du dich mit ihm zusammen in dem Versteck", fuhr Yana fort. „Am Ende des Spiels sucht nur noch einer nach allen anderen. Und alle anderen quetschen sich in ein Versteck wie ..." Yana schwieg und sah von Anna zu Danny.

„Wie Sardinen", sagte Anna glücklich.

„Wie Sardinen", brummelte Danny, dem es nicht gelang, sein Interesse komplett zu verheimlichen.

„Ich verstecke mich zuerst", sagte Yana. „Ihr anderen schließt die Augen und zählt bis fünfzig."

Anna, Danny und Carl gehorchten.

„Du auch, Anthony", sagte Yana. Dann beugte sie sich zu ihm und flüsterte: „Ich warte im Bad auf dich."

Ich warte im Bad auf dich. So wie Yana diese Worte gesagt hatte, klangen sie irgendwie viel interessanter, als dies normalerweise der Fall gewesen wäre.

Yana streckte die Hand aus und strich sanft über seine Augen, damit er sie schloss. Während er mit seinen Geschwistern zählte, stellte er sich Yana unter Schaum in der Badewanne vor. Auch wenn er das sicher nicht vorfinden würde, wenn er ins Bad kam. Aber trotzdem.

Sobald sie bis fünfzig gezählt hatten, flitzten Anna und Danny in unterschiedliche Richtungen los. Carl trottete hinter Danny her.

Als Anthony sich sicher war, dass die Luft rein war, lief er über den Flur Richtung Bad. Er zog den Duschvorhang mit den tropischen Fischen beiseite und stieß auf Yana, die auf dem Rand der Badewanne saß.

„Hey, Anthony", rief Anna, anscheinend aus der Küche. „Telefon für dich. Es ist Jesse."

Yana rutschte beiseite, um zwischen ihr und der Wand Platz für Anthony zu schaffen. „Du kannst ihn doch zurückrufen", flüsterte sie. „Wir wollen doch nicht das Spiel verderben", sagte sie. „Die Kinder haben solchen Spaß daran."

„Ja, stimmt. Natürlich. Die Kinder", sagte Anthony, während er seinen Hintern auf das kleine Stück Badewannenrand platzierte, das sie ihm gelassen hatte. Sein Bein stieß an ihr Bein, und er konnte sich kaum bewegen, ohne sie zu berühren.

Womit sie einverstanden zu sein schien. Augenblicklich schob sie eine Hand in seine Haare und zog seinen Mund zu ihrem heran. Der Kaltwasserhahn am Becken tropfte, aber Anthony blendete das Geräusch aus und konzentrierte sich allein darauf, Yana zu küssen.

Allerdings musste ein kleines Stück von Anthonys Hirn an Rae denken. Und je intensiver er Yana küsste, umso stärker wurden die Gedanken an Rae und vereinnahmten sein Gehirn.

Verdammt. Was war denn bloß mit ihm los? Rae würde doch sowieso wieder mit Marcus zusammenkommen. Dessen war er sich ganz sicher. Und Yana war wirklich eine heiße Braut. Und sie stand auf ihn. Was zum Teufel stimmte denn nicht mit ihm? Jetzt hatte er auch noch Raes Gesicht vor Augen. Es sah ganz verletzt aus, weil Yana nicht mit ihr reden wollte.

„Yan", murmelte Anthony, seine Lippen auf Yanas Lippen.

„Hm", murmelte sie zurück.

„Ich glaube nicht, dass Rae das mit deinem Vater böse gemeint hat. Sie hat diesen Brief nur geschrieben, weil sie gedacht hat, sie hilft dir damit."

Yanas Körper versteifte sich. „Willst du wirklich ausgerechnet jetzt über Rae reden?", flüsterte sie, und ihr Atem brannte in seinem Gesicht. Aber sie wartete nicht, bis er antwortete. Sie begann einfach aufs neue, ihn zu küssen.

Rae befand sich auf einem Förderband, das sie irgendwo hintransportierte. Sie konnte nicht sehen, wohin. Nur dass es dort dunkel war. Und gefährlich. Sie wusste, dass das, was sich im Dunkeln befand, gefährlich war. Sie wusste nicht, woher sie das wusste. Aber sie wusste es. Das Förderband ruckte, und Raes Augen flogen auf.

Sie war eingeschlafen. Gott, sie war tatsächlich eingeschlafen, während sie darauf gewartet hatte, dass Aiden zu seinem Auto zurückkam. Jetzt fuhr das Auto. Sie hatte verschlafen, dass er eingestiegen war, den Motor angelassen hatte und losgefahren war.

Rae hob langsam ihr Handgelenk vor die Augen und sah auf die Uhr. Es war viertel nach sieben. Sie befand sich seit mehr als zwei Stunden in diesem Auto. Wie lange fuhren sie schon? War sie sofort eingeschlafen? Und wo waren sie überhaupt?

Moment, Moment, ganz ruhig, sagte sie sich. Ihr Atem keuchte vor Panik, und es war kaum zu glauben, dass Aiden sie noch nicht bemerkt hatte. Also, der Plan geht so, dachte sie. *Du zählst bis tausend, dann sagst du Aiden, dass du hier bist, und zwar ganz ruhig, nicht, dass er noch einen Unfall baut.*

Während Rae im Kopf zu zählen begann, beruhigte sich ihr Atem. Als sie bei tausend war, zählte sie noch weiter, einfach um sicherzugehen, dass sie weit genug vom Wilton Center entfernt waren. Das war zumindest das, was sie sich einredete.

Eintausendvier. Eintausendfünf. Eintausendsechs. *Schluss jetzt*, sagte sich Rae. *Du wirst nie bis zu einer Zahl zählen können, bei der du dich wirklich sicher fühlst. Also tu es einfach. Und zwar gleich.*

Rae setzte sich langsam auf. Ihr Körper war an einem Dutzend verschiedener Stellen verspannt, nachdem sie sich so lange in dem engen Raum zusammengekauert hatte. „Aiden", sagte sie vorsichtig. „Ich möchte gern ..."

Seine Augen weiteten sich vor Schreck, als er sie im Rückspiegel sah. Das Auto schlingerte nach links, gefährlich nah an die Wagen, die am Bordstein geparkt waren. „Beweg dich nicht. Und kein Wort!", bellte Aiden.

Rae konnte seine angespannten Nackenmuskeln sehen, während er das Auto vorsichtig und bedächtig bis zur nächsten Ladenpassage lenkte, auf den Parkplatz fuhr, den Wagen parkte und den Motor abschaltete.

Dann drehte er sich langsam zu ihr um. „Rae Voight", sagte er und klang dabei, als spräche er zu sich selbst. Sein Blick wurde schärfer, während er auf ihrem Gesicht ruhte, und Rae fühlte, wie sich ihre Adern zusammenzogen und den Blutfluss in ihrem Körper drosselten.

Er war ein durchschnittlich aussehender Typ um die Vierzig, der mit seinem kleinen Altherren-Pferdeschwanz fast ein bisschen albern aussah. Aber in seinen Augen lag eine Kälte, die sie in jedem Tropfen ihres Blutes spüren konnte.

„Was machst du hier in meinem Auto?"

Rae schob sich auf den Rücksitz. Sie hatte keine Lust, dieses Gespräch vom Boden aus zu führen. „Was mache ich hier in deinem Auto?", wiederholte sie um Zeit zu gewinnen. Oder eher: Um ihr Hirn – ihr kaltes Hirn – wieder zum Arbeiten zu bewegen. „Ich werde dir genau sagen, was ich hier mache", sagte Rae. „Ich ... ich ... Eine Frau hat mich angerufen und gesagt, dass du dich mit mir im Motel 6 treffen wolltest. Am letzten Samstag. Als ich dort hinkam, wurde ich gefesselt und geknebelt. Ich hätte nicht überlebt, wenn nicht ..."

„Und da bist du in mein Auto gestiegen? Was zum Teufel hast du dir eigentlich dabei gedacht?", fragte Aiden. Er klang fast wie Anthony, wenn der sauer war. „Wer hat dich denn überhaupt festgehalten?" Er drehte sich weiter zu ihr herum und hielt sich mit beiden Händen am Vordersitz fest. „Wie haben die Typen ausgesehen? Ich muss jede Einzelheit wissen, an die du dich erinnern kannst."

„Sie trugen Masken", sagte Rae. Einen von ihnen hätte sie beschreiben können, den falschen Gasmann, weil sie den vorher bei sich zu Hause gesehen hatte. Aber sie war sich nicht sicher, wie viel sie Aiden von dem wissen lassen wollte, was sie wusste.

„Wie viele waren es?" Aidens Augen schossen Eiskugeln.

„Zwei", antwortete Rae. Es juckte sie in den Fingern, über den Vordersitz zu streichen, aber Aiden klammerte sich immer noch krampfhaft daran fest.

„Und was haben sie zu dir gesagt? Sie müssen dir doch Fragen gestellt haben. Ich muss jede Einzelheit wissen."

Das hast du schon mal gesagt, dachte Rae. *Und daraus schließe ich, dass du eine ganze Menge weißt. Wenn nicht, dann hättest du mich zur nächsten Polizeiwache gefahren, damit ich eine Anzeige machen kann. Oder zumindest hättest du mich nach Hause gefahren.*

„Fang mit irgendwas an", bohrte Aiden weiter. „Einem Geruch. Einem Geräusch. Ein winziges Detail kann reichen, damit dir der Rest einfällt."

„Ich glaube nicht, dass ich das alles so schnell wieder vergessen werde", antwortete Rae. Sie erinnerte sich, wie sich die gesteppte Bettdecke in dem Motel angefühlt hatte, die Augenbinde und die kleinen Schweißränder, die durch ihre Wärme auf der Haut um ihre Augen herum entstanden waren.

„Es tut mir Leid", sagte Aiden leise. Er ließ den Vordersitz

los und rieb sich die Schläfen. „Es tut mir Leid. Ich muss …
Ich kann mir kaum vorstellen, wie du dich gefühlt haben
musst. Aber wenn du mir sagst, woran du dich erinnerst,
kann ich dir vielleicht helfen."

*Kann ER mir vielleicht helfen. Nicht die Polizei. Und nicht das
FBI.* Rae hatte das Gefühl, dass Dutzende von Nadeln sie
von innen her stachen. Wer war dieser Aiden Matthews in
Wirklichkeit? Denn dass er im Community Center Töpfer-
kurse oder so etwas gab, war sicher nicht der Fall. Von
ihrem Fingerspitzenkontakt, den sie bei ihrem letzten
Besuch im Center mit ihm gehabt hatte, wusste sie, dass er
ihre Mutter im Center kennen gelernt hatte. Und dass er
Informationen über Experimente hatte, die im Center
durchgeführt worden waren, möglicherweise an ihrer
Mutter und anderen Frauen in ihrer Gruppe. Aber vielleicht ging seine Beteiligung daran auch wesentlich weiter.
Hatte er bei den Experimenten geholfen? Hatte er sie
durchgeführt? Wollte er herausfinden, was sie wusste, damit er die Entführer schützen konnte?

*Was immer er damit zu tun hat, es ist auf jeden Fall ungefähr-
lich, ihm alles aus dem Motel zu erzählen, woran du dich erinnerst,* dachte Rae. Wenn er mit den Entführern zu tun hatte,
wusste er ohnehin schon alles. Aber mit einem Mal war sie
sehr froh, nicht zugegeben zu haben, dass sie genau wusste, wie einer der Entführer aussah.

„Da drüben ist ein Donut-Shop", sagte Aiden. „Lass uns

reingehen und einen Kaffee oder ein Wasser trinken." Rae schüttelte den Kopf. Genau hier war jetzt ihr Platz. „Ich brauche nichts. Ich möchte die Sache lieber hinter mich bringen", antwortete sie. Dann versuchte sie so selbstverständlich wie möglich ihre Hände auf den oberen Rand des Vordersitzes zu legen.

/ fast wieder umgebracht / kein Jahr vergangen, seitdem / muss ihn fertig machen / wo / Amanda Reese /

Raes Körper verwandelte sich in Stahl. So hart und so unverwundbar. Und kalt, so unglaublich kalt. Als wäre sie eine Maschine geworden und könnte keine Bewegung machen, bis jemand eine Fernbedienung nahm und auf die Knöpfe drückte.

„Bist du sicher?", hörte sie Aiden fragen. Seine Stimme klang verzerrt an ihre kalten Metallohren. „Du siehst blass aus."

Es ist dein Körper. Du kontrollierst ihn. Es gibt keine Fernbedienung, sagte sich Rae. Sie konzentrierte sich ganz auf ihre Finger und schaffte es schließlich, den Vordersitz wieder loszulassen. Im selben Moment, als der Kontakt unterbrochen wurde, fühlte Raes Körper sich wieder wie aus Fleisch an. Aus weichem Fleisch. Fleisch, das leicht zu verwunden war. Was hatte Aiden so hart gemacht? So ...

Jetzt erst bemerkte Rae, dass Aiden sie anstarrte. Sie hatte keine Ahnung, ob er von der besonderen Fähigkeit, die ihre Mutter besessen hatte, wusste. Wenn ja, dann sollte er besser keinen Verdacht schöpfen, dass Rae sie auch besaß. *Benimm dich ganz normal,* befahl sie sich.

„Ich hatte nur plötzlich das Gefühl, wieder dort gefangen zu sein", brachte Rae hervor. Was auch stimmte. Doch dieses Gefühl war nicht so stark wie die ölige Angst, die sie jetzt durchkroch. Aidens Gedanken ließen keinen Zweifel daran, dass er zumindest einen der Männer kannte, die sie gekidnappt hatten. Und dieser Mann war ein Mörder – oder zumindest hielt Aiden ihn dafür.

„Lass dir Zeit", sagte Aiden. „Ich kann mir vorstellen, dass es schwer ist."

„Die Männer haben mir keine Fragen gestellt", begann Rae. „Ich dachte, dass sie das tun würden. Ich dachte, dass sie mich deswegen in das Motel gelockt hätten", fuhr sie automatisch fort. Ihr Kopf war immer noch voll von den Gedanken, die sie von Aiden empfangen hatte. Hatte das „fast wieder umgebracht" mit Amanda Reese zu tun? Hatte der Mann, an den Aiden gedacht hatte, Mandys Mutter umgebracht? Das hätte zu Raes Theorie gepasst. Es hätte auch den „ihre Mutter umgebracht"-Gedanken auf dem Stück Plastik aus dem Motel erklärt.

„Und haben sie ..." Aiden zögerte, dann fuhr er eilig fort: „Haben sie dir Blut abgenommen? Oder eine Gewebeprobe genommen?"

„Nein. Mein Gott, warum willst du so was wissen?", platzte Rae heraus. Wobei sie eine vage Idee hatte, wieso: Vielleicht gab es einen Weg, an ihrem Blut oder den Zellen zu erkennen, ob sie eine besondere Gabe besaß.

„Haben sie dir was zu essen oder zu trinken gegeben?", fragte Aiden, ohne auf Raes Frage einzugehen.

„Ein Tunfisch-Sandwich", antwortete Rae.

„Hat es irgendwie komisch geschmeckt?", bohrte Aiden weiter.

Im Klartext: Hat es nach Drogen geschmeckt?, dachte Rae. „Es hat normal geschmeckt", antwortete Rae. Aber war es auch wirklich normal gewesen? Hatte man ihr im Motel Drogen verabreicht? Wenn ja, hatte man sie ...

„Haben sich die beiden Männer unterhalten?", fuhr Aiden fort. Plötzlich benahm er sich wie ein Roboter – quetschte sie ohne Emotionen aus.

„Nein", sagte Rae. „Oder Moment, einer von ihnen sagte ‚Hol die andere auch', oder so etwas in der Art."

„Die andere? Was sollte das heißen?" Aiden hatte seine Hände wieder auf den Sitz zwischen ihnen gelegt und beugte sich zu ihr.

Will er mich reinlegen?, überlegte Rae. Versucht er so zu tun, als wüsste er nichts? „Meine Freundin Yana war mit mir im Motel", erklärte sie, da sie Aiden glauben machen wollte, dass sie Vertrauen zu ihm hatte.

„Und mehr hast du nicht gehört?", fragte Aiden.

Rae sah ihm in die Augen, auch wenn ihr kalt davon wurde. „Nein, das ist alles."

„Gibt es noch etwas, an das du dich erinnerst? Egal, wie unwichtig es dir erscheint?" Aiden sah sie ohne zu blinzeln an. „Nein", sagte Rae. Sie wollte jetzt nur noch hier raus, nach Hause, in ihr Zimmer, nach Hause, zu ihrem Vater.

„Also gut", meinte Aiden. „Jetzt hör mir gut zu. Wenn ich jemals mit dir in Kontakt treten muss, dann werde ich sagen, dass deine Tante krank ist. Kapiert? Deine Tante ist krank. Wenn jemand dich anruft und sich für mich ausgibt, ohne das zu sagen, dann rufst du mich sofort an."

Rae beschloss, nun selbst eine Frage zu riskieren. „Hältst du es für möglich, dass du beobachtet wirst? Ist das der Grund, warum die Unbekannte, die mich angerufen hat, deinen Namen benutzt hat? Ich meine – wieso glaubt sie, dass ich genug Vertrauen zu dir habe, um mich mit dir zu treffen?"

Aiden nahm Raes Kopf zwischen seine Hände und beugte sich so nah zu ihr, dass sich ihre Gesichter fast berührten. „Wenn du nicht genau das tust, was ich dir sage, kannst du alles und jeden, der dir nahe steht, verlieren." Er sprach langsam und eindringlich, als wenn Rae ein kleines Kind gewesen wäre. „Wenn du wieder kontaktiert wirst, dann ruf mich an. Mehr brauchst du nicht zu wissen."

Klar, dachte Rae. *Einfach anrufen. Kein Problem. Selbstverständlich. Schließlich lege ich es ja darauf an, mein Leben in Gefahr zu bringen, wenn ich mich jemandem anvertrauen will.*

KAPITEL  FÜNF

Es klingelte. Anthony blickte sich überrascht um. Das hatte er noch nie erlebt. War das nicht vollkommen verrückt? Hatte er jemals an einem verdammten Unterricht teilgenommen, ohne zu wissen, wie viele Minuten es noch bis zu seiner Erlösung waren? Vor allem, wenn es die letzte Schulstunde war? Meistens hatte er die Uhr mit den Augen fixiert und die letzte Runde des Sekundenzeigers beobachtet, bis der Minutenzeiger schließlich umsprang.
Anthony nahm seinen Ordner und sein Englischbuch, stopfte beides in seinen Rucksack und ging zur Tür. „Hast du noch einen Augenblick Zeit?", fragte Mr Jesperson, Anthonys Englischlehrer.
„Äh, natürlich", antwortete Anthony, und sein Magen krampfte sich zusammen, wie er es immer tat, wenn ein Lehrer ihn unter vier Augen sprechen wollte. Er blieb vor Jespersons Pult stehen. Jesperson saß halb darauf, halb lehnte er sich gegen die Kante. Auf dem Stuhl hinter dem Pult sitzen tat dieser Typ eigentlich nie.
„Worum geht es?"
„Ich wollte nur mal kurz hören, wie es dir geht. Es ist ja

eine tolle Sache, wenn man von der Fillmore Highschool hierher wechselt", sagte Jesperson.

„Ja, ziemlich", stimmte Anthony zu. Ihm war klar, dass er noch etwas sagen müsste, aber er hatte einen Anfall von Finkenhirn. In seinem Kopf befanden sich nicht mehr als zwanzig Worte. „Es läuft ganz gut soweit."

„Kommst du mit deinem Tutor klar?", fragte Jesperson.

„Ja. Hm", sagte Anthony. Und das stimmte auch. Der Typ war ein echter Bücherwurm, aber er gab Anthony nie das Gefühl, ein Idiot zu sein. Es war fast so, als ob er mit Rae übte. Abgesehen davon, dass dieser Tutor nicht nach Grapefruit und nach Mädchen roch. Und er schrieb auch keine Wörter auf Anthonys Haut, wie Rae es tat. Nicht, dass Anthony das von ihm verlangt hätte. Aber wenn Rae es tat ... kam ihm ihre Fingerspitze erotischer vor als bei anderen Mädchen der ganze Körper.

„Und, hast du schon Freunde gefunden?", fragte Jesperson und klang so, als wäre ihm die Antwort wirklich wichtig.

„Ja, die Jungs aus der Mannschaft", antwortete Anthony.

„Sonst niemand?", bohrte Jesperson.

Anthony zuckte die Schultern. „Ich habe mich mal mit ein paar Leuten getroffen. Aber so lange bin ich ja noch nicht hier."

Jesperson stand auf. „Natürlich nicht. Aber ich bin sicher, in ein paar Wochen kennst du so gut wie alle hier."

„Ja, hm", sagte Anthony wieder. Er verlagerte sein Gewicht

von einem Fuß auf den anderen. War es das? Konnte er jetzt gehen?

„Falls du außer von deinem Tutor noch Hilfe brauchst – oder einfach nur reden möchtest – ich bin für dich da." Jesperson klopfte Anthony auf den Rücken.

„Okay. Danke", antwortete Anthony und zog sich langsam zurück. „Bis demnächst." Er drehte sich um und verließ eilig den Raum. Er war froh, dass er abhauen konnte, bevor Jesperson noch etwas sagen konnte. Anthony hatte seine zwanzig Wörter so gut wie aufgebraucht, und außerdem war dieser Jesperson irgendwie komisch. Er kam ihm ... Anthony schüttelte den Kopf. Er kam ihm ein bisschen zu interessiert vor. Wobei der Begriff „interessiert" vielleicht nicht ganz zutraf. Aber so etwas in der Art.

Auch egal, dachte Anthony und lief den Flur entlang. Er bog rechts ab, dann blieb er so plötzlich stehen, dass seine Turnschuhe quietschten. Vor seinem Schließfach stand Rae. Verdammt. Er war nicht darauf eingestellt, mit ihr zu reden, vor allem nicht, wenn Yana schon auf dem Parkplatz auf ihn wartete. Er machte einen Schritt zurück. Er musste ja nicht unbedingt zu seinem Schließfach. Er würde ...

Er würde zu ihr gehen und mit ihr reden. Denn sie hatte ihn schon gesehen und lächelte ihn an.

„Hey", sagte er, als er näher kam und ihre blauen Augen ihn wie ein Magnet anzogen. *Du machst es einfach ganz kurz*, ermunterte er sich. *Du holst dir das andere Buch aus*

dem Fach und sagst, dass du zum Football-Training musst, und
das war's dann.

Anthony griff nach seinem Schloss und begann die Zahlenkombination einzustellen.

„Äh, hallo", antwortete Rae. „Ich hab gedacht, wir könnten zusammen irgendwo essen gehen. Zu *Chick Filet* oder so, weil du ..."

„Ich kann nicht", platzte Anthony heraus. „Ich habe Football ..."

„... weil du heute doch kein Football-Training hast", fuhr Rae fort, indem sie einfach über ihn hinweg sprach.

„Ja, stimmt", gab er zu. Er verstellte seine Zahlenkombination und fing noch mal von vorne an, wobei er so auszusehen versuchte, als konzentriere er sich völlig auf das Schloss – während er fieberhaft nach einer Erklärung dafür suchte, warum er so blöd gelogen hatte. Das war wieder sein Finkenhirn gewesen. Und ihr Duft nach Grapefruit war auch nicht gerade hilfreich. Ihm fiel nichts ein. Er musste immer nur daran denken, was geschehen würde, wenn Yana das Warten auf dem Parkplatz zu lang wurde und sie in die Schule kam, um ihn zu suchen. Eine neue Szene zwischen Rae und Yana würde er nicht aushalten. Und vor allem würde er es nicht aushalten, wenn Rae mitbekam, dass Yana und er ... was auch immer. Obwohl es ihr klar sein müsste. Eigentlich.

„Ich wollte gerade sagen, dass ich die ganze restliche Wo-

che Football habe", erklärte Anthony endlich. Er öffnete
sein Schließfach und steckte seinen Kopf zur Hälfte hinein.
„Darum muss ich heute mit Anna zum Zahnarzt", fuhr er
hektisch fort. „Das ist der einzige Tag, an dem ich sie fahren kann." Er zerrte ein paar Bücher aus seinem Rucksack
und schmiss sie in sein Fach. Dann knallte er die Tür zu.
„Sie war mit dem Fahrrad unterwegs und wollte Einrad
fahren", erklärte er und vermied dabei Raes Blick. „Das
kennst du doch, wenn man das Fahrrad hinten anhebt und
nur auf dem Vorderrad balanciert. Also, Anna selbst wollte
es eigentlich gar nicht. Danny hat es ihr eingeredet. Er
bringt sie immer auf die dümmsten Ideen. Und sie hat sich
dabei einen Zahn ausgeschlagen. Darum muss ich mit ihr
zum Zahnarzt."

Wahrscheinlich viel zu viele Informationen, dachte Anthony.
Aber nachdem er mit dieser Story nun einmal angefangen
hatte, konnte er nicht mehr zurück. Außerdem war sie ja
auch tatsächlich passiert, allerdings schon vor ein paar Jah-
ren.

„Autsch", sagte Rae. „Hat es sehr weh getan?"
Anthony sah sie an und ihm wurde ein wenig schwindelig,
als wenn sich der Boden unter seinen Füßen langsam zu
drehen begonnen hätte. „Wie bitte?"
„Als sie sich den Zahn ausgeschlagen hat. Hat es wehgetan?"
Ihre Stimme zu hören, war wie in eine Zitrone zu beißen.

Sie glaubt mir nicht, durchschoss es Anthony. *Oder im besten Fall: Sie weiß nicht, ob sie mir glauben soll oder nicht.*

„Es ... äh ... es hat ziemlich geblutet", sagte Anthony und verfluchte sich selbst wegen diesem „Äh", weil er dadurch noch mehr wie ein Lügner klang, als dies ohnehin schon der Fall war. *Mensch, sieh bloß zu, dass du hier rauskommst. Je mehr du sagst, umso größer die Chance, dass du alles noch mehr durcheinander bringst.*

Anthony ließ das Schloss wieder einschnappen. „Also. Ich muss jetzt gehen. Bis ... bis demnächst."

Er ging. Er wusste, dass Rae ihm nachsah. Er absolut verdammt noch mal wusste es. Aber er drehte sich nicht um.

„mein gott, glaubt der denn, dass ich ihn *heiraten* will oder was?", schrieb Rae den anderen Mädchen im „Jungs-sind-blöd"-Chatroom. „es war 1 kuss. 1 kuss, und er lügt mir ins gesicht und hat irgendwelche ausreden, damit er nicht mit mir reden muss."

Rae hatte normalerweise nichts für Chatrooms übrig. Die wenigen Male, die sie ihre Nase hineingesteckt hatte, waren sie voller Leute gewesen, die sich einander imaginäre Biere reichten und nach a/g/w fragten, wovon sie irgendwann herausfand, dass es Alter, Geschlecht und Wohnort bedeutete. Aber sie musste sich wegen Anthony Luft machen und brauchte auch so etwas wie ein Feedback. Und da sie keine Freunde hatte – Danke, Yana! –, war sie einfach verzweifelt gewesen und hatte sich nach einem Chat umgesehen. Die Mädchen in diesem Chatroom unterhielten sich sogar über wesentlich interessantere Dinge, als Rae erwartet hatte.

Ein paar traurige kleine Häschen erschienen auf dem Bildschirm. Ihnen folgte ein rundes, rotes Gesicht. Das Gesicht hatte die Wangen aufgeblasen und rollte mit den Augen. Und dann spie es grüne Kotze. *Sie verstehen mich*, dachte Rae. *Wer brauchte noch bessere Freundinnen als diese? Wer brauchte Freundinnen, die man richtig ... sehen und mit denen man zum Beispiel zum Shopping gehen konnte?*

„brauche weitere angaben. äußere umstände des kusses bitte", sagte dreamgirl – oder schrieb sie.

„es brannte", schrieb Rae zurück. „er hat mich aus dem Gebäude getragen. dann hat er mich geküsst." Wenn man es auf diese drei Sätze reduzierte, klang es ausgesprochen trocken. „der wahnsinnigste kuss, den ich je bekommen habe", fügte sie hinzu. Wenn sie doch nur gewusst hätte, wie man mit diesen Cartoons umging. Dann hätte sie die Häschen in Ohnmacht fallen lassen. Und das Gesicht hätte sie so breit grinsen lassen, dass der Kopf sich geteilt hätte.

„wie im kino. wow!", antwortete dreamgirl.

„hat mal jemand ein taschentuch?", fragte grrlygrrl.

„:gebe gg ein taschentuch:", antwortete Elsinor.

Raes Augen brannten ein ganz klein wenig. Aber sie bat nicht um ein Taschentuch. Dabei wäre sie sich zu albern vorgekommen. Und zu theatralisch.

„tut mir leid, wenn ich das sagen muss. aber hier ging es um leben und tod. dafür kann der typ nicht zur verantwortung gezogen werden", warf juliaagogo ein.

Das kotzende Gesicht tauchte wieder auf.

„kotz mich nicht an", schrieb juliaagogo. „echt wahr. in einer ausnahmesituation tut man dinge, die man sonst nie getan hätte."

Das kotzende Gesicht – Rae merkte, dass es von einem Mädchen kam, die sich ruTHie nannte – tauchte wieder auf.

„keine rechtfertigung für eine lüge", antwortete Elsinor.

„vielleicht ist es ihm peinlich", meinte juliaagogo.

Genau, dachte Rae. *Vielleicht hatte er es eigentlich gar nicht tun wollen. Vielleicht war er nur so froh, dass er mich aus diesem Motel 6 herausgeholt hatte, dass er ... dass er ... dass er mich geküsst hat.* Aber „geküsst" war nicht das richtige Wort für das, was Anthony getan hat. Dafür sollte es ein anderes Wort geben. *Wie Schmelzen zum Beispiel. Er hat mich geschmolzen. Er hat mich zum Explodieren gebracht. Mich beseelt.*

Etwas, das deutlicher klang, das die Welt viel mehr auf den Kopf stellte als ein einfacher „Kuss".

„das hieße also, dass er etwas ganz anderes gefühlt haben müsste als ich", schrieb Rae. „denn wenn er dasselbe gefühlt hätte wie ich, hätte er ..." Rae löschte die letzte Zeile wieder und schickte nur den ersten Satz ab.

„so was kommt vor", antwortete grrlygrrl. „ist mir auch schon passiert."

„und was hast du getan?", fragte Rae. „wie kann ich unser verhältnis wieder auf einen halbwegs normalen stand bringen?" Denn sie würde es nicht ertragen, wenn Anthony sich weiter versteckte und vor ihr davonlief. Sie kannte Anthony zwar noch nicht allzu lange, aber er war eigentlich bei fast allen wichtigen Ereignissen ihres Lebens dabei gewesen. Er hatte ihr geholfen, ihre Gabe herauszufinden. Er war der erste Mensch, dem sie erzählt hatte, dass ihre Mutter eine Mörderin war. Und er hatte ihr das Leben gerettet.

„zieh dich zurück", schlug dreamgirl vor.

„es ist blöd, aber wahrscheinlich das richtige", stimmte Elsinor zu.

Ein neuer Name tauchte in der Liste der Chatter auf – TabbyTee. „ihr seid allesamt weicheier", bemerkte TabbyTee. „habt ihr denn nichts besseres zu tun, als über typen zu winseln?"

Rae kam sich vor, als hätte TabbyTee ihr ein Glas kaltes Wasser ins Gesicht geschüttet. Rae hatte ganz sicher Besseres zu tun. Lebenswichtige Dinge. Ja, es stimmte, Anthony war ihr wichtig. Und sie wollte auch, dass es zwischen ihnen wieder so wurde wie früher – wenn das alles war, was sie haben konnte. Was sie aber wirklich tun musste war einen Weg zu finden, durch den sie sicherstellen konnte, dass sie am Leben blieb. Und in diesem Moment sollte sie sich lieber mit dem Tod von Amanda Reese beschäftigen.

ruThie schleuderte ein Gesicht auf den Bildschirm, das Feuerbälle spie.

Elsinor machte TabbyTee klar, dass sie hier nicht willkommen war.

Rae schrieb: „danke an alle. muss jetzt gehen."

Ohne eine Antwort abzuwarten, verließ sie den Chatroom.

Was jetzt? Rae strich sanft mit den Fingern über die Tastatur. Dann klickte sie den Link an, der sie vom Provider ins Netz führte und suchte nach der Homepage des Pressespiegels für die Stadt Atlanta. Sie suchte nach den Stichwörtern „Amanda Reese" und „Autoentführung". Die Suchmaschine fand einen Eintrag in der Gerichtsspalte einer Tageszeitung, in der es eine Zusammenfassung der örtlichen Verbrechen gab, und lud sie langsam. Als die Datei geladen war, druckte Rae sie aus.

„So wenig?", flüsterte Rae, als sie das warme Blatt Papier

aus dem Drucker zog. Es gab nur eine einzige Notiz über den Vorfall, der Mandy Reese' ganzes Leben verändert hatte. Das Leben von Mandy und ihrer Schwester und das ihres Vaters. Und noch so viele andere waren davon betroffen gewesen – Freunde, die Leute, mit denen Amanda Reese gearbeitet hatte, Verwandte ... Aber alles, was sie in dieser Zeitung darüber fand, war eine kleine Notiz. Sie war zwischen Meldungen über Wirtschaftskriminalität, Banküberfälle und Beschreibungen von Leuten, die vom FBI gesucht wurden, gequetscht.

Hoffnungsvoll begann Rae zu lesen. Aus der Notiz ging nicht viel hervor. Nur das Datum und die Uhrzeit des Überfalls. Der Name der Straße, in der der Mord stattgefunden hatte. Was für eine Pistole benutzt worden war. Den Umstand, dass es keine Zeugen gab. Die Tatsache, dass es in der Nachbarschaft eine ganze Reihe Autoentführungen gegeben hatte. Die Namen der hinterbliebenen Familienmitglieder.

Es ist eine Zeitung, rief Rae sich ins Gedächtnis. *Sie soll nur die Tatsachen wiedergeben.* Aber trotzdem kam es ihr irgendwie nicht richtig vor. Hätte nicht etwas Persönliches über Amanda darin stehen können? Zum Beispiel, was sie am liebsten gemacht hatte? Oder an welchem Ort sie sich am wohlsten gefühlt hatte? Irgendetwas, das ...

Durch ein leises Klopfen an der Tür wurde Rae aus ihren Gedanken gerissen. „Herein", rief sie.

„Ich wollte mich nur noch mal mit dir über deinen Geburtstag unterhalten", sagte ihr Vater und trat ein.

Rae lehnte ihren Kopf zurück an das kühle schwarze Leder des Schreibtischstuhles. „Ich habe noch nicht weiter darüber nachgedacht", gab sie zu.

Sie sah Beunruhigung in den Augen ihres Vaters aufflackern. Hätte sie in diesem Moment Fingerspitzenkontakt mit ihm gehabt, hätte sie erfahren, dass er sich wegen ihr Sorgen machte; Sorgen darüber, ob ihr mangelndes Interesse an ihrem Geburtstag auf ein tieferes Problem hinwies, eine Rückkehr in die Phase, in der sie sich vor ihrem Zusammenbruch befunden hatte.

„Aber weißt du, das Nacoochee klingt doch gut. Ich glaube, ich habe letzte Nacht sogar von dem Karamell-Eisbecher geträumt, den sie dort haben", erklärte Rae.

„Schön, ich werde Plätze reservieren lassen", antwortete ihr Vater und machte einen Schritt zurück zur Tür. Dann zögerte er und rieb sich den Buckel auf seiner Nase. „Zwei oder ..."

„Zwei Plätze. Das wird sicher nett. Nur wir beide", antwortete Rae. Es war unmöglich Anthony einzuladen. Weil Anthony, da er nun mal Anthony war, zwar mitkommen würde, sich aber die ganze Zeit seltsam aufführen würde. Und Yana ... vergiss es! Sie würde Yana nicht mehr hinterherlaufen. Wenn Yana wieder ihre Freundin sein wollte, dann konnte sie ja zu Rae kommen.

„Zwei Plätze. Wie du willst." Ihr Vater verließ das Zimmer und schloss leise die Tür hinter sich.

Rae seufzte. Vor dem „Zwischenfall" hatte sie gedacht, dass ihr 16. Geburtstag ein unvergessener Tag sein müsste. Sie hatte Stunden damit verbracht, sich Gedanken über den Ort der Party und die Gästeliste zu machen und über die Klamotten, die sie tragen wollte. Aber jetzt ... der Geburtstag kam ihr vor wie etwas, das sie einfach hinter sich bringen musste, eine Veranstaltung, bei der sie alles daran setzen musste, so glücklich wie möglich zu erscheinen, damit ihr Vater sich nicht aufregte.

Rae wandte ihre Aufmerksamkeit wieder dem Computerbildschirm zu und klickte zurück. Sie überflog die Liste der Artikel, die zu ihren Suchbegriffen passten. Einer war ein Nachruf auf Amanda Reese. Rae machte sich nicht die Mühe, ihn zu lesen. Sie hatte keine Lust, das Leben von Mandys Mutter auf eine noch kleinere Notiz beschränkt zu sehen.

Bei fünf Einträgen ging es um Autoentführungen, die in den zwei Monaten stattgefunden hatten, bevor Mandys Mutter überfallen worden war. Rae druckte sie aus. Sie waren allesamt kurz. Aber sie alle hatten eine Sache gemeinsam, die Raes Aufmerksamkeit weckte: Keiner der anderen Fahrer war getötet worden. Ein Mann war mit dem Griff einer Pistole k.o. geschlagen worden, und um die anderen Fahrer aus ihren Autos zu zwingen, waren ebenfalls Pistolen zum Einsatz gekommen. Aber auf niemand anderen war geschossen worden. Und niemand anders war getötet worden.

Rae glaubte zu wissen, warum. Sie nahm an, dass der falsche Gasmann – wenn sie Recht damit hatte, dass er Amanda Reese' Mörder war – von der Häufung der Autoentführungen gewusst und sie als Tarnung benutzt hatte. Er hatte wohl gehofft, dass die Polizei die Entführungen als Ganzes verfolgen würde. Und nach dem, was sie las, hatte sie das tatsächlich getan.

Ein Puzzleteil habe ich dann also. Aber das Puzzle ist sehr groß. Und ich habe keine Ahnung, was für ein Bild dabei herauskommen soll.

Mehr Teile. Mehr Informationen. Das war es, was sie brauchte. Und zwar schnell. Denn sie spürte, dass die Gefahr immer größer wurde. Ein Mörder war hinter ihr her. Und etwas im Inneren ihres Körpers wollte sie zerstören.

Rae klickte zurück zur Auflistung der Einträge und überflog jeden einzelnen, der den geringsten Zusammenhang mit Amanda Reese' Mord hätte haben können. Aber sie fand nichts. Nicht die kleinste Spur eines neuen Puzzleteils. *Was jetzt?,* dachte sie. Aber sie erhielt keine Antwort.

„Rae, hallo!"
Siehst du? Das kommt davon, wenn du so in deine Gedanken

versunken bist, dass du nicht mal mehr darauf achtest, was vor dir ist, dachte Rae.

„Hallo, Mr Jesperson", sagte sie, als sie die Treppe vor der Schule betrat. *Vielleicht kann ich einfach an ihm vorbeischlüpfen. Vielleicht reichte das Hallo ja schon.*

„Du siehst irgendwie durcheinander aus", meinte er, als sie näher kam.

„Nein. Alles in Ordnung", antwortete Rae. Warum war sie so früh in die Schule gegangen? Es dauerte mindestens noch eine Viertelstunde, bis es klingelte.

„Bist du sicher?", fragte Mr Jesperson und berührte sie leicht am Ellbogen. „Denk dran, du musst für mich keine schöne Fassade aufsetzen. Ich habe auf dem College psychisch eine sehr schwere Zeit durchgemacht, wie ich dir schon erzählt habe."

„Ich weiß. Und ich schätze Ihre, äh, Bereitschaft, sich Zeit zu nehmen und sich um mich zu kümmern", sagte Rae. „Aber mir geht es gut. Wirklich, richtig gut."

„Läuft es denn besser mit den Freunden – lässt die komische Atmosphäre nach?" Mr Jespersons Augen irrten über ihr Gesicht und suchten und suchten.

Er ist so geil auf etwas Fieses. Er wäre glücklich, wenn ich hier zusammenbrechen und losheulen würde, schoss es Rae durch den Kopf. *Oder wenn ich schreien würde. Oder besser noch: hysterische Krämpfe hätte. Das würde ihn für die nächsten Wochen beflügeln.*

Rae schob ihren Rucksack von einer Schulter auf die andere, wobei sie die Bewegung nutzte, um sich ein Stück von Mr Jesperson zu entfernen. Ohne ihn dabei merken zu lassen, wie unwohl sie sich in seiner Gegenwart fühlte. Von ihrer neuen Position aus konnte sie sehen, dass Marcus ihr zuwinkte. „Ah, sehen Sie mal. Da ist gerade ein Freund von mir", sagte Rae. „Ich werd mal zu ihm gehen und fragen, was er will. Wir sehen uns im Unterricht, Mr Jesperson."

„Wiedersehen", rief er ihr nach.

Rae sah sich nicht um. Sie lief schnurstracks zu Marcus. „Was ist?"

Marcus strich sich mit den Fingern durch sein blondes Schönlingshaar. „Hör zu, ich weiß, ich sollte dir mehr Zeit lassen", begann er. „Ich weiß, dass das jedenfalls der klügere Weg wäre. Und ich will es ja eigentlich auch. Wirklich. Aber ich habe da noch etwas, was ich dir geben möchte. Es ist in meinem Auto. Kannst du – können wir – kurz zum Auto gehen? Nur einen Moment."

„Das, was du mir geben möchtest – kostet es weniger als zehn Dollar?", fragte Rae und hatte alle Mühe, ihre Stimme so klingen zu lassen, als wollte sie ihn aufziehen. Ihr stand wirklich nicht der Sinn danach, mit Marcus eine weitere heftige Szene durchzuspielen. Sie fühlte sich jetzt schon wie ein Schwamm, der so oft ausgewrungen worden war, dass er trocken war wie ein Stein.

„Es hat überhaupt nichts gekostet", beruhigte sie Marcus. „Oder jedenfalls so gut wie nichts. Oder was meinst du, was drei Seiten Ringbuchpapier und ein bisschen Tinte kosten?"

Rae lachte, und sie musste sich noch nicht einmal dazu zwingen. „Ich hoffe nur, du hast mir kein drei Seiten langes Gedicht geschrieben. Der Vierzeiler, den du mir mal gemacht hast, war schon schlimm genug."

„Nein. Ich schwöre, es kommen keine Reime darin vor." Marcus kreuzte seine Finger wie ein kleiner Junge. Wie ein niedlicher kleiner Junge. „Komm mit. Wir haben noch fast zehn Minuten bis zum Unterricht."

Rae folgte ihm über den Parkplatz zu seinem Auto. Sie fand nicht, dass dies das Klügste war, was sie tun konnte, aber es war immerhin leichter, als sich herauszureden. Und sie musste zugeben, dass sie neugierig war. Als Marcus in den Range Rover stieg, setzte sie sich neben ihn.

„So, also. Hier ist es. Mein Meisterwerk." Marcus griff über sie hinweg, öffnete das Handschuhfach und zog einige Blätter heraus. „Für dich." Er drückte ihr die Blätter in die Hand.

Rae überlegte, was sie wohl aufgenommen hätte, wenn sie kein Wachs auf ihren Fingerspitzen gehabt hätte.

„Soll ich das etwa jetzt gleich lesen?", fragte sie. Sie hoffte, dass er Nein sagen würde. Es würde sicher leichter sein, wenn sie die Sache allein lesen und sich dann überlegen konnte, was sie sagen wollte. Aber sie war immer noch neugierig.

„Soll das ein Scherz sein? Wenn du es nicht sofort liest, werde ich noch verrückt." Kaum war das Wort „verrückt" aus seinem Mund gekommen, wurde sein Gesicht geradezu schmerzlich dunkelrot. „Ich wollte nicht ..."

„Es ist nur ein Wort", sagte Rae. Aber ihre Neugier war wie weggeblasen. Sie musste plötzlich daran denken, wie Marcus sich benommen hatte, als sie im Krankenhaus gewesen war. Oder wie er sich nicht benommen hatte. Er hatte sie kaum einmal besucht. Stattdessen hatte er die Gelegenheit genutzt, mit Dori etwas anzufangen.

„Lies es bitte, ja?" Marcus strich die Seiten glatt.

Rae hatte gar nicht mitbekommen, dass sie sie zusammengeknüllt hatte. „Also gut", beschloss Rae. Sie nahm die erste Seite und hielt sie vor sich, sodass Marcus ihr Gesicht nicht sehen konnte. „Was ich ..." Sie holte tief Luft. „Was ich an Rae liebe", endete sie mit fester Stimme.

Ihre Augen glitten die Liste hinab, nahmen hier und da einzelne Wörter und Sätze wahr. Mehr konnte sie im Moment nicht ertragen. *Das Käsekuchenmonster, ihre Ohrläppchen, den 9. März 11:14 Uhr, Raemondo, den Nudelhasen, das Bild von mir, Schmetterlingsküsse, falsch ausgesprochene zweite Vornamen, Tränen bei „Frostie, der Schneemann", Lippen mit Kaugummigeschmack.*

Rae konnte das Blatt nicht herumdrehen. Und die zweite

Seite beginnen konnte sie schon gar nicht. „Marcus, das ist ja so süß", sagte sie und ihre Stimme zitterte vor Rührung. Marcus nahm ihr sanft die Liste aus der Hand. Er beugte sich zu ihr, und Rae war klar, dass er sie küssen wollte. Sie versuchte nicht, ihn davon abzuhalten. Sie schloss ihre Augen, wartete – und fühlte dann seine Lippen zärtlich über ihre streichen.

Es fühlte sich ... schön an.

Rae schlug die Augen auf und hatte es eilig, die Liste wieder an sich zu nehmen und zusammenzufalten. „Das war, es ist, war, echt süß", sagte sie noch einmal.

Der Kuss war auch süß gewesen. Aber sie hatte nicht einen Hauch dessen gefühlt, was sie empfunden hatte, als Anthony sie geküsst hatte. Ihr wurde plötzlich klar, dass sie sogar während ihrer wildesten Knutschszenen, als Marcus' Hände sich überall auf ihrem Körper befunden hatten, niemals das empfunden hatte, was sie während dieses einzigen Kusses von Anthony gespürt hatte.

Auch wenn es im Moment nicht danach aussah, als ob Anthony sie jemals wieder küssen wollte. Aber nachdem sie nun wusste, wie sich ein Kuss anfühlen konnte, wie sollte sie sich dann plötzlich mit „süß" zufrieden geben? Es musste doch jemanden geben, der ihr dasselbe Gefühl geben konnte wie Anthony. Jemand anderen als Anthony.

„Rae?", fragte Marcus.

Es klang wie eine Frage. *Die* Frage. Liebte sie ihn noch? Ein

Teil in ihr hätte gern Ja gesagt und sich Marcus in die Arme geworfen. Wo es sicher gewesen wäre, sicher und süß.

„Marcus", brachte Rae trotz des Knotens hervor, der sich in ihrem Hals gebildet hatte. Die Art, wie sie seinen Namen aussprach, gab ihm die Antwort. Sie konnte es von seinem Gesicht ablesen, von seinen Augen, bevor er sich von ihr abwandte.

Kapitel Sechs

„Ich weiß nicht, was in der ersten Halbzeit los war", sagte Trainer Mosier und sprach so leise, dass Anthony ihn kaum hören konnte. „Ich will es auch nicht wissen", fuhr er fort. „Ich will nur, dass es aufhört. Ihr habt fünfzehn Minuten Zeit, um euch zu überlegen, wie ihr das machen wollt." Er drehte sich um, ging langsam und nachdenklich zu seinem Büro und schloss mit extremer Sorgfalt die Tür hinter sich. Einen Augenblick später gingen die Jalousien herunter und verdeckten das große Fenster, von dem aus man den Umkleideraum überblicken konnte.

Anthony gehörte noch nicht lange zur Mannschaft, aber lang genug um zu wissen, dass Mosier ein Brüllaffe war. Wenn man etwas gut machte, brüllte er. Wenn man etwas vermasselte, brüllte er noch lauter.

„Meinst du, er ist vielleicht ein Roboter?", fragte McHugh. „Oder von einem Alien besessen, wie im Film?"

„Er ist einfach sauer", sagte Sanders. „Wenn wir keinen Weg finden, um das zu ändern …"

„Dafür brauchen wir keine fünfzehn Minuten", unterbrach Ellison. „Wir brauchen noch nicht mal fünfzehn Sekunden.

Wir müssen uns nur überlegen, wer Salkow auf seiner Position zu Hilfe kommt und ihn von seinem Elend erlöst."

„Halt die Klappe", knurrte Marcus und blickte auf seine Füße.

„Der Mann spricht die Wahrheit", brüllte McHugh und legte seinen Arm um Ellisons Schultern. „Und die Wahrheit kann nicht zum Schweigen gebracht werden."

Niemand lachte. Das lag daran, dass Ellison Recht hatte. Marcus hatte vom ersten Spielzug an alles vermasselt. Es war, als hätte jemand sein Hirn geöffnet und alles, was darin Ahnung von Football hatte, frittiert. Außerdem hatte man einige Muskeln aus seiner Hand entfernt. Oder so sah es jedenfalls aus, von den unzähligen Malen zu schließen, wo Marcus den Ball fallen gelassen hatte.

„Was war denn nur mit dir los?", wollte Sanders von Marcus wissen.

„Nichts, kapiert? Kümmer dich um deinen eigenen Kram, Sanders", fauchte Marcus. „Als ob niemand von euch jemals etwas falsch gemacht hätte", knurrte er und ging zum Getränkekühlschrank. Er nahm eine Flasche Gatorade heraus und leerte sie, ohne zur Gruppe zurückzukehren.

„Vielleicht hat er seine Tage", meinte McHugh. Er erntete dafür ein paar verlegene Lacher.

Anthony erwartete, dass einer der Jungen jetzt zu Marcus ging und mit ihm redete. Aber keiner bewegte sich. *Na gut, dann werde ich es wohl tun*, dachte Anthony. *Und warum zum Teufel auch nicht? Ich bin ja sowieso der Beichtvater dieses Typen.*

Anthony nahm ein Handtuch von der nächsten Bank und wischte sich den Schweiß aus dem Haar, dann ging er zum Kühlschrank. Er nahm eine Orangen-Gatorade und trank einen Schluck. Er wusste nicht, was er sagen sollte. Er wusste noch nicht mal, wieso er überhaupt auf die Idee gekommen war, mit Marcus zu reden.

„Ich weiß, du hast gesagt, dass ich Rae Zeit lassen soll", platzte Marcus heraus.

Mist, dachte Anthony. *Schon wieder Rae. Mist!*

„Aber ich konnte nicht einfach nur abwarten und nichts tun", fuhr Marcus fort.

Anthony schloss für einen kurzen Moment die Augen. „Und was hast du gemacht?", fragte er.

„Ich habe eine Liste mit allem Möglichen über sie geschrieben. Eine Alles-was-ich-an-Rae-liebe-Liste", antwortete Marcus. „Für so etwas fallen die Mädchen doch normalerweise in Ohnmacht, oder? Ich meine, Dori hätte jedenfalls ..."

„Du hast Dori aber nicht betrogen, während sie im Krankenhaus war", fiel Anthony ein. Er wusste, dass er Marcus besser dazu bringen sollte, sich wieder aufs Spiel zu konzentrieren, anstatt auf seinen Unsinn einzugehen, aber die Wörter waren ihm einfach von den Lippen geflogen.

„Ja, ja, ich weiß", knurrte Marcus. „Aber du hättest sie mal sehen sollen, diese Liste. Sie war drei Seiten lang. Und ich habe so ungefähr alles darauf geschrieben, was mir eingefallen ist. Zum Beispiel, dass sie mich Nudelhase genannt hat. Das kommt von Knuddelhase, was sie mal eines Abends zu mir gesagt hat, als wir ..."

„Schon kapiert", sagte Anthony, um ihm das Wort abzuschneiden. Dann nahm er einen großen Schluck aus seiner Gatorade, um den bitteren Geschmack aus dem Hals zu spülen. „Und was ist dabei herausgekommen? Was hat sie gesagt, als du ihr die Liste gegeben hast?"

Marcus schüttelte den Kopf. „Sie hat gesagt, sie sei noch nicht so weit, um wieder mit mir zusammen zu sein. Mehr nicht. Aber so, wie sie es gesagt hat, war es – ich weiß auch nicht –, als wäre ihr schon klar, dass es nie mehr dazu kommen würde."

Heiße Drähte bohrten sich von Anthonys Bauch aus durch seinen ganzen Körper, wie ein Ausbruch innerlicher Kraft. *Wie bitte? Du meinst, dass es tatsächlich etwas bedeuten könnte, wenn Rae im Moment noch nichts von Marcus wissen will?*, fragte Anthony sich. *Erinnerst du dich nicht, dass Yana dir gesagt hat, dass sie ihn noch liebt? Offensichtlich betreibt dieses Mädchen nur einen kleinen Rachefeldzug. Wozu man sie beglückwünschen kann.* Marcus hatte es verdient, eine Weile gequält zu werden.

Anthony blickte zu den anderen Jungen, die in der Gruppe

zusammenstanden. Es war Zeit, wieder zur Sache zu kommen. „Dann liegt es also an dieser Geschichte mit Rae, dass du Schwierigkeiten hast, dich zu konzentrieren?"

„Ich denke ja." Marcus ließ seinen Kopf nach hinten sinken und seufzte. „Ich muss einfach die ganze Zeit darüber nachdenken, was ich tun könnte, damit sie zu mir zurückkommt."

„Ich habe dir ja schon gesagt, wie ich darüber denke", antwortete Anthony. „Du musst erst ihr Vertrauen zurückgewinnen. Und das kann eine Weile dauern." Er zwang sich, weiterzusprechen. „Aber es wird schon klappen. Ich, äh, habe gehört, wie eine ihrer Freundinnen gesagt hat, dass sie dich noch nicht abgehakt hat."

Marcus schleuderte seinen Kopf nach vorne. „Wirklich? Wer hat das gesagt?"

Anthony fühlte sich, als hätte er zu schnell einen Eiswürfel gegessen. Hinter seinen Augen entstand ein kalter Schmerz. Er ignorierte ihn und zuckte die Schultern. „Ich weiß nicht, wie sie heißt. Aber zumindest klang sie so, als wenn sie Rae gut kennt."

„Bist du sicher, dass du sie richtig verstanden hast?", fragte Marcus.

„Ja. Meinst du, dass du deinen Kopf jetzt klar bekommen kannst und uns für den Rest des Spiels nicht hängen lässt?", fragte Anthony.

Marcus lächelte. Ein lächerlich breites Grinsen. „Ich glaube, ich schaffe es. Nachdem ich nun weiß, dass ich bei Rae noch eine Chance habe."

Warum hast du überhaupt daran gezweifelt, dass du bekommen würdest, was du willst?, fragte sich Anthony. *Du weißt doch, dass Jungen wie du immer alles bekommen, was sie wollen.*

***

„Du meinst also, dass der Typ, der mich entführt hat, derselbe Typ ist wie der, der die Mutter dieses Mädchens umgebracht hat?", wollte Jesse von Rae wissen, als sie durch Mandy Reese' Straße gingen. „Und dass er derselbe Typ ist, der versucht hat, dich umzubringen?"

„Ja. Ich bin mir zwar nicht ganz sicher, aber ziemlich", antwortete Rae.

Jesse nickte. Rae konnte sehen, wie die Muskeln in seinem Hals arbeiteten. „Und was sollen wir tun, wenn wir ihn finden?", fragte er.

„Ihn der Polizei übergeben, würde ich sagen", entgegnete Rae. Sie konnte kaum fassen, dass sie darüber bis jetzt noch gar nicht nachgedacht hatte. „Mir ist nur wichtig, dass er weit weg von uns allen ist."

„Da gibt es aber bessere Lösungen", murmelte Jesse. Seine Augen schienen aus blauem Stahl zu bestehen, und für diesen kurzen Augenblick sah er ... grausam aus.

„Konzentrieren wir uns erst einmal darauf, ihn zu finden", sagte Rae.

Vielleicht hätte ich ihn nicht mitnehmen sollen, dachte sie. *Ich hätte mir etwas ausdenken sollen, um Mandy selbst abzulenken.* Sie warf Jesse einen weiteren Blick zu. *Er sieht wirklich aus, als könnte er ... mein Gott, als wenn er bereit wäre, jemanden umzubringen. Ich hätte ihn aus der Sache heraushalten sollen. Sie ist nicht gut für ihn.*

Aber jetzt ist es zu spät, sagte sie sich. Und sie musste zugeben, dass es ein gutes Gefühl war, wieder jemanden an ihrer Seite zu haben. Vor allem angesichts dessen, was sie vorhatte.

Als ihr der Einfall an diesen Morgen gekommen war, war ihr alles so nahe liegend erschienen – die Tatsache, dass es einen anderen Weg gab, mehr über den Mord an Amanda Reese zu erfahren. Mandy hatte ihr und Yana erzählt, dass das Auto, in dem ihre Mutter überfallen worden war, wieder bei ihr zu Hause war. Es stand in der Garage und wurde nie benutzt. Was bedeutete, dass sich wahrscheinlich noch Fingerabdrücke darauf befanden – Fingerabdrücke, die Rae möglicherweise einen Hinweis auf Amanda Reese' Mörder geben konnten. Trotzdem – die Aussicht, nah und persönlich an das Auto heranzukommen, in dem Amanda gesessen hatte, bevor sie ... das war jedenfalls nichts, worauf Rae sich freute.

„Mandy wohnt in dem gelben Haus da vorne", sagte Rae und deutete mit dem Finger darauf. Sie beschleunigte ihren Schritt und rannte fast, als sie den Weg in Mandys

Vorgarten betrat. „Bist du bereit?", fragte sie Jesse, als sie vor der Tür standen.

Jesse schnaubte. Rae betrachtete das als ein Ja und klingelte. Mandy machte so schnell auf, dass Rae den Verdacht hatte, dass sie nur einen Schritt entfernt gestanden und auf sie gewartet hatte.

„Vielen Dank, dass ich noch mal vorbeikommen darf", sagte Rae. „Ich dachte, ich könnte noch mal das Gruppenfoto sehen, auf dem meine Mutter drauf ist. Ich habe ja sonst nicht viel von ihr." Das stimmte zwar nicht, war aber so gut wie eine Garantie für Mandys Hilfsbereitschaft.

„Natürlich. Und, äh, ... wer ist das?" Mandy deutete mit dem Kinn auf Jesse.

„Oh! Dabei hat mein Vater mich, seitdem ich acht Jahre alt war, gezwungen zum Anstandsunterricht zu gehen. Er hatte wohl Angst, dass mir der gesellschaftliche Schliff einer mütterlichen Erziehung fehlen würde." Rae lächelte wohlerzogen. „Mandy, ich möchte dir Jesse vorstellen. Jesse steht auf Comics und Skateboards. Und Jesse, das ist Mandy. Und Mandy ... ehrlich gesagt, ich weiß nicht ... Mandy, worauf stehst du?"

„Also, tja, ich – mein Gott, mir fällt einfach nichts ein."

Rae bemerkte, dass Mandy Jesse rasche Blicke zuwarf. *Er ist ja auch ein süßer Typ*, sagte sie sich. Sie hatte nie darüber nachgedacht, wie ein Mädchen in seinem Alter Jesse wohl finden würde.

„Ist ja auch egal", sagte Jesse zu Mandy. „Rae hat sowieso nur Quatsch gemacht."

Danke, Jesse, dachte Rae. Aber sie ärgerte sich nicht wirklich über Jesse, weil sie sah, dass er ebenfalls immer wieder Blicke auf Mandy warf. *Ich frage mich, wann sie merken wird, dass sie uns noch nicht hereingebeten hat?*

„Oh!", sagte Mandy etwa drei Sekunden später. Sie machte einen Schritt zurück und sagte noch mal „Oh!" Und ließ Rae und Jesse ins Haus. „Ich hole mal eben das Foto. Ihr könnt ja im Wohnzimmer warten."

Rae fragte sich, was Jesse wohl über Mandy denken würde, wenn er ihr Zimmer zu sehen bekommen hätte. Das war nämlich noch chaotischer als seins. Wahrscheinlich würde ihn das aber nicht stören. Sofern er Mädchen als eine ganz andere biologische Art betrachtete oder nicht darüber schockiert war, wie man zwischen Pizzaschachteln und dreckigen Socken wohnen konnte.

„Willst du nicht gehen?", flüsterte Jesse Rae zu.

„Doch. Natürlich. Du sagst Mandy einfach, dass ich im Bad bin, und redest mit ihr, bis ich zurückkomme", antwortete Rae. Sie lief auf den Flur. Kurz vor der Küche bremste sie ab. Sie setzte ihre Zehenspitze hinein und sah sich kurz um. Die Küche war leer. Gut. Sie hatte keine Lust, mit Mandys Schwester zusammenzutreffen, sofern sie überhaupt zu Hause war.

Aha. Da geht es hoffentlich zur Garage, dachte Rae und ging

114

auf die Tür zu, die sie neben dem Kühlschrank entdeckt hatte. Sie öffnete sie. Kühle muffige Luft wehte ihr ins Gesicht, und sie schauderte. An der gegenüberliegenden Wand der Garage konnte sie das stehen sehen, wovon sie annahm, dass es sich um das Auto handelte – das Auto, in dem Mandys Mutter am Tag ihres Todes gefahren war. Es war mit einer Plane bedeckt, und Rae konnte sich nicht gegen den Gedanken wehren, dass es wie ein Geist aussah. Sie zögerte, scheute sich davor, dem Auto näher zu kommen. *Es ist nur ein Auto*, sagte sie sich. *Ja*, antwortete eine Stimme in ihr. *Nur ein Auto, in dem jemand gestorben ist.*

„Sie ist nicht im Auto gestorben", flüsterte Rae vor sich hin, während sie ihre Füße zwang, sich durch die Garage zu bewegen. „Sie haben sie herausgezerrt." Als sie vor dem Auto stand, zog sie augenblicklich die Plane herab. Sie wollte sich keine weitere Zeit lassen, um sich noch mehr zu gruseln.

Jetzt steig ein, befahl sie sich. Ihr Körper gehorchte nicht. Stattdessen faltete Rae sorgfältig die Plane zusammen, wobei sie die Kanten säuberlich aufeinander legte. *Also, jetzt steig ein*, befahl sie sich wieder. Aber ihr Körper bewegte sich noch immer nicht. *Du musst es jetzt tun. Mandy kann jeden Augenblick ...*

Dieser Gedanke brachte sie auf Trab. Vorsichtig fuhr sie mit dem Finger über den Türgriff, empfing aber nichts als ein heftiges Knistern. Sie konnte kein einziges Wort ausmachen. *Nach dem Vorfall haben sehr viele Leute dieses Auto berührt*, dachte sie. *Aber irgendetwas ist bestimmt übrig geblieben.*

Rae öffnete die Tür und setzte sich auf den Fahrersitz. *Sie hat hier gesessen, wenige Sekunden, bevor sie gestorben ist.* Dieser Gedanke durchzuckte Raes Gehirn, bevor sie es verhindern konnte. Und jede Stelle, mit der ihr Körper den Sitz berührte, begann zu jucken, obwohl ihre Haut von einer Schicht Kleider bedeckt war. Ohne auf das Gefühl zu achten, legte sie vorsichtig alle zehn Fingerspitzen auf das Steuerrad. Noch mehr Knistern. Rae fühlte über die Streben des Lenkrads, weil sie auch nicht das kleinste Fleckchen unberührt lassen wollte. Knistern. Knistern. *Aber ein ungewöhnliches Knistern*, dachte sie. Wie von diesen Generatoren, die weißes Rauschen erzeugen, und die manche Leute benutzen, um während ihres Schlafes andere Geräusche auszublenden.

Wahrscheinlich hat die Polizei schon überall drübergewischt, um Fingerabdrücke zu nehmen, dachte Rae. *Das macht die Gedanken wohl noch undeutlicher als sonst.* Sie legte die Hände vom Steuerrad auf das Armaturenbrett, dann vom Armaturenbrett auf die Sonnenblenden, von den Sonnenblenden auf den Rückspiegel. Immer nur das leise unheimliche Zischen. *Unterhalb dieses Geräuschs versucht Amanda mir etwas zu sagen. Ich weiß es*, dachte Rae.

Sie fuhr über den Deckel des Handschuhfachs, und das

flüsternde Zischen des weißen Rauschens erschien ihr jetzt wie eine Geisterstimme, eine Stimme die sie bat, sie zu hören. „Ich möchte hören, was du zu sagen hast", flüsterte Rae, und die Haare in ihrem Nacken und auf ihren Armen stellten sich auf, als sie das Gefühl beschlich, dass ihr jemand zuhörte.

Mit einer heftigen Bewegung drehte Rae den Kopf zur Garagentür. Sie war geschlossen, genau wie Rae sie hinter sich gelassen hatte. Rae war immer noch allein. Aber es kam ihr nicht so vor.

„Amanda, wenn du hier bist – ich möchte dir helfen", sagte Rae, und ihre Stimme klang in dem geschlossenen Raum des Autos viel zu laut. *Deine Fantasie geht mit dir durch,* sagte sie sich. *Amanda ist nicht hier. Amanda ist tot.*

Versuch es mit dem Sicherheitsgurt. Die Idee durchzuckte sie so hell und strahlend wie eine Neonreklame. Der Sicherheitsgurt war bestimmt auch abgewischt worden, aber sie fuhr trotzdem mit den Fingern über die Metalllasche. *Schhh.* Sie strich über die Plastikschnalle und den Knopf zum Öffnen. *Schhh.* Sie fuhr mit den Fingern über das Gewebe des Gurtes.

/ *SchhhERhh* /

Raes Herz fühlte sich an, als wäre es an die Kontakte einer dieser Maschinen angeschlossen worden, mit denen die Ärzte die Leute ins Leben zurückriefen. Ihr Körper krümmte sich. Sie bewegte ihre Finger einen Zentimeter zurück.

/ SchhhERhh /

Dieser einzelne Gedanke, dieses ER war mit Wiedererkennen verbunden. Und er hatte den Beigeschmack der Gedanken, die sie von Amandas Besitztümern empfangen hatte. *Sie hat ihren Mörder gekannt,* durchzuckte es Rae. *Sie kannte ihn und hatte Angst, als sie ihn sah.* Rae fuhr weiter mit dem Finger über den Gurt, empfing aber nichts außer weißem Rauschen. Die Geisterstimme. Sie wusste, dass es nur eine andere Art des üblichen Knisterns war, aber trotzdem kam es ihr so vor, als wollte Amanda mit ihr sprechen. Rae fühlte über den Sicherheitsgurt des Beifahrersitzes, über die Kopfstützen, über die gesamte Länge des Sitzes. *Shhhh.* Das war alles. Aber es kam ihr eindringlicher vor. *Es kommt dir so vor, weil du dir selbst Angst machst. Das ist alles,* dachte Rae.

Dann hatte sie noch eine Idee. Die Fußmatte. Rae stieg aus dem Auto und hockte sich daneben, sodass sie die Fußmatte absuchen konnte, obwohl sie sich nicht vorstellen konnte, warum Amanda dort Fingerabdrücke hätte hinterlassen sollen. Die Antwort darauf folgte im selben Augenblick, wie ihr der Gedanke gekommen war. Sie war aus dem Auto herausgezogen worden und hatte sich an der Matte festgehalten.

Whoa! Woher kommt dieser Gedanke?, überlegte Rae. Stammte er von Amanda? Konnte Amanda sie führen? *Bleib auf dem Teppich,* dachte Rae. *Du wusstest, dass Amanda*

118

aus ihrem Auto gezerrt worden ist, und du hast eine logische Schlussfolgerung gezogen. Und außerdem weißt du gar nicht genau, ob sich auf der Fußmatte überhaupt Fingerabdrücke befinden.

Sämtliche Muskeln spannten sich an, als sie die Hand ausstreckte und zögerlich das schwarze Gummi betastete.

/ *ShhhUMBRIhh* /

Rae ließ ihre Finger nochmals darüber gleiten.

/ *ShhhUMBRINGENhhh* /

Ein weiterer Schock für ihr Herz. „Natürlich", murmelte Rae und rieb sich mit der freien Hand über die Brust, während sie mit der anderen über den Bereich strich, von wo sie den Gedanken empfangen hatte.

/ *UNS ALLE UMBRINGEN* /

Dieser Gedanke erreichte sie vollkommen deutlich. Wie eine Stimme, die einem ins Ohr flüsterte. Rae bemerkte, dass das Gummi direkt neben ihren Fingern etwas beschädigt war. Das kommt von Amandas Fingernägeln, dachte sie. *Himmel, anscheinend ziehe ich überall diese logischen Schlussfolgerungen!* Plötzlich wollte sie nur noch eins: die Garage verlassen. Plötzlich? Eigentlich hatte sie die Garage verlassen wollen, seitdem sie sie betreten hatte. Aber jetzt kam es Rae vor, als ob die Luft aus dem Raum wich. Sie hatte das Gefühl, sterben zu müssen, wenn sie blieb.

Es gibt genügend Luft, beruhigte sie sich. Zum Beweis atmete sie tief ein. Sie fuhr fort, die Fußmatte abzusuchen. Es schien, als ob die Zischlaute sie mit Watte umhüllten, ihre Nase verstopften, ihren Mund verschlossen. Sie konnte wirklich nicht atmen.

Doch, du kannst!, befahl sie sich und nahm einen tiefen langen Atemzug, während ihre Finger weitersuchten.

/ shhDIEhhh / GRUPPEhhh / WARNENhhh /

Heiße Tränen stiegen Rae in die Augen. Sie wusste nicht, ob es ihre eigenen waren, oder ob sie von Amandas Gefühlen stammten.

Sie hat keine Zeit mehr gehabt, die Gruppe zu warnen, dachte Rae. *Wie viele weitere Mitglieder hat er umgebracht? Jedes Mal, wenn ich versucht habe, jemanden aus der Gruppe anzurufen und der Anschluss abgemeldet war oder wenn ich „kein Anschluss unter dieser Nummer" gehört habe, jedes Mal, wenn das passiert ist – war dieses Mitglied der Gruppe dann tot?* Raes Atem ging nun stoßweise. Das alles war zu schockierend. Zu schrecklich. Sie konnte es nicht ertragen.

Du musst dich beruhigen, dachte sie. *Bring zu Ende, wofür du hergekommen bist.* So schnell sie konnte, suchte Rae den Rest des Wagens ab, wobei sie das kalte Flüstern des weißen Rauschens begleitete. Sobald sie fertig war, warf sie augenblicklich die Plane wieder über das Auto und zwang sich selbst, drei kostbare Sekunden darauf zu verwenden, sie glatt zu ziehen. Dann lief sie zurück in die Küche und schloss die Tür hinter sich, wobei sie gar nicht mehr daran dachte, dass sie im Bad hätte sein sollen, und nicht in der Garage.

Du bist okay. Du bist okay. Du bist okay. Immer wieder sagte sie sich im Geist diese Worte vor, während sie zurück zum Wohnzimmer ging. Ein merkwürdiges Geräusch scholl ihr entgegen. Sie brauchte einen Moment, bis ihr klar wurde, dass es Lachen war. Jesse und Mandy lachten. Sie hatte sich so an die zischenden Stimmen in der Garage gewöhnt, dass ihr das menschliche Lachen bizarr vorkam.

„Bist du okay?", fragte Mandy, als sie Rae sah. „Jesse sagt, dir ist schlecht geworden."

„Alles in Ordnung", antwortete Rae. *Aber bei Mandy auch?*, fragte sie sich.

Rae war sich ganz sicher, dass der Unbekannte, der sie umzubringen versucht hatte, auch Mandys Mutter getötet hatte. Mandys Mutter und wer weiß wen noch. Er wollte Rae umbringen, weil Raes Mutter ein Mitglied der Gruppe gewesen war. Bedeutete das, dass auch Mandy in Gefahr war? Wurde Mandy ebenfalls beobachtet? Wartete *er* nur auf seine Chance, sie zu ... *Du brauchst Fakten*, wurde Rae bewusst.

„Hast du das Foto gefunden?", fragte sie Mandy.

„Klar." Mandy beugte sich über den Couchtisch und nahm das Foto.

Rae streckte die Hand aus, und zwar so, dass ihre Fingerspitzen die von Mandy berührten.

Eine flutartige Welle von Gedanken und Gefühlen schlug auf Rae ein und hätte sie fast umgehauen. Da war so viel Trauer. Zorn. Und ... ein kleiner Wirbel Glück und Freude im Zusammenhang mit Jesses Namen. Darauf achtete Rae aber nicht. Gab es irgendwo Angst? Irgendein Gefühl, beobachtet zu werden? Irgendetwas Verdächtiges?

Rae nahm so viel auf, wie sie konnte, fand aber nichts, was sie darauf schließen ließ, dass jemand hinter Mandy her war.

Im Moment jedenfalls nicht.

KAPITEL SIEBEN

Ich weiß immer noch nicht, wer sich außer mir noch für meine Rae interessiert. Aber wer immer es sein mag – ich weiß, er würde sich auch für mich interessieren, wenn er über mich Bescheid wüsste. Ich muss genau wissen, wer dieser potenzielle Bedroher ist. Ich kann mich nicht schützen, wenn ich nicht weiß, wer hinter mir her sein könnte. Darum muss ich dafür sorgen, dass Rae am Leben bleibt. Im Moment jedenfalls noch. Und sie beobachten, um herauszufinden, wer mich beobachten könnte.
Aber das heißt nicht, dass ich deswegen nicht meinen Spaß haben werde. Ich habe mich entschlossen, es wie eine Katze zu machen. Und Rae – Rae ist mein kleines Mäuschen. Ich werde mit meinen Pfoten nach ihr schlagen und sie zwischen meine scharfen weißen Zähne nehmen. Ihr Angst machen. Dass sie zittert und pfeift.
Ja, Rae wird noch einer Menge Qualen ins Auge blicken müssen, bevor sie stirbt. Darum ist es so vielleicht besser. Sie hat jeden Schmerz verdient, den ich ihr nur zufügen kann. Und dann hat sie verdient zu sterben.

***

Der Radiowecker begann Country-Music zu spielen. Den totalen Schmalz. *Sehr lustig, Dad,* dachte Rae. Offensichtlich hatte er den Sender verstellt. Sie griff nach ihrem Kissen und vergrub den Kopf darunter, um das Gejaule nicht hören zu müssen. Sich auf die Seite zu drehen und das Ding auszuschalten, wäre wohl die bessere Methode gewesen, aber Rae war noch zu schläfrig dafür. Nur noch ein paar Minuten dösen. Mehr musste es ja gar nicht sein.

Aber sie konnte nicht mehr einschlafen. Es war zu spät. Die taube Stelle war ihr wieder eingefallen, die aufgetreten war, nachdem sie mit Mandy Fingerspitzenkontakt gehabt hatte. *Vielleicht ist es ja schon besser geworden,* dachte Rae. Vorsichtig legte sie die Hand an die linke Seite ihres Oberkörpers und strich mit einem Finger über ihre Rippen. Sie spürte nichts. Sie drückte ein wenig fester und kratzte mit dem Nagel über ihre Haut. Das tat weh. Gut. Wahrscheinlich würde die Stelle bis zum Abend wieder ganz in Ordnung sein.

Und wenn nicht – dann würde es wohl jedes Mal, wenn sie eine taube Stelle bekam, immer ein bisschen länger dauern, bis sie am Ende vielleicht doch sterben musste. Plötzlich konnte sie nicht mehr ans Schlafen denken. Rae warf das Kissen auf den Boden, rollte sich auf die Seite – und fühlte etwas unter ihrer Wange.

Komisch, dachte sie. Sie holte den Gegenstand hervor und betrachtete ihn. Er war etwa halb so groß wie ihr Daumen und in ein violettes Papiertaschentuch eingewickelt. *Das ist bestimmt noch so ein Scherz von Dad,* dachte sie. Aber ihr Herz bezweifelte es. Es klopfte, als wollte es aus ihrer Brust springen.

Rae setzte sich auf und riss das Papier weg. Ihre Finger krampften sich zusammen, dann ließ sie die Patrone auf ihre Steppdecke fallen. Eine Patrone! Sie hatte eine Patrone in der Hand gehalten! Sie zwang sich, die Patrone noch mal zu berühren. Sauber. Keine Fingerabdrücke. Keine Gedanken.

Vorsichtig, als könne sie auch ohne Pistole losgehen, legte Rae die Patrone auf ihren Nachttisch. Ebenso vorsichtig stieg sie aus dem Bett. Sie nahm das Papiertaschentuch und merkte erst jetzt, dass es beschrieben war. Das Wort *Amanda* stach ihr in die Augen. Sie starrte diesen Namen an, wiederholte ihn im Geiste immer und immer wieder, bis er seine Bedeutung verlor und nur noch eine Folge von Lauten war.

Du musst auch den Rest lesen, zwang sie sich. Dann strich sie das zerknüllte Papier glatt – wobei sie es nach Fingerabdrücken absuchte, aber keine fand – bis die Aufschrift sichtbar wurde:

Amanda hat es schon erwischt. Und dich könnte es auch erwischen. Halt dich fern von Orten, an denen du nichts zu suchen hast.

Das Papiertaschentuch in ihrer Hand wurde feucht. Feucht von Schweiß. Jemand war in ihrem Haus gewesen. In ihrem Zimmer. Und hatte sie angesehen, während sie geschlafen hatte. Für einen Augenblick sah sie den falschen Gasmann vor sich, wie er sich über sie beugte und seine Hand in der Nähe ihres Gesichts hatte.

Aber die Türen waren verschlossen gewesen. Und die Fenster verriegelt. Rae überprüfte sie jeden Abend, bevor sie ins Bett ging. *Ja, aber du hast es mit einem Typen zu tun, der Wanzen in Anthonys und Yanas Autos eingebaut hat. Einem Typen, der dich mit einer Kamera mit einem extremen Teleobjektiv fotografiert hat. Einem Typen, der jemanden angeheuert hat, um im Oakvale-Institut eine Rohrbombe zu legen. So ein Typ hat kein Problem, ein Türschloss zu knacken oder sich jemanden zu besorgen, der es kann.*

Rae zerknüllte die Nachricht in ihren verschwitzten Handflächen, bis sie sie zu einer kleinen Kugel zusammengerollt hatte. Zu einem kleinen Nichts. Aber da war immer noch die Patrone. Die konnte sie nicht zu einem unbedeutenden feuchten Etwas zerknüllen. Was auch immer sie damit anstellte, sie würde hart und tödlich bleiben.

Und mein spezieller Freund, der mich ständig beobachtet, hat jede Menge Patronen. Ich könnte morgen zur Schule gehen und – Peng! Ich könnte in der Cafeteria sein und – Peng! Ich könnte morgen Abend wieder in meinem Bett liegen und – Peng! Ich bin nirgends sicher.

Im Kraftraum oder in der Cafeteria essen?, überlegte Anthony als der Englischunterricht zu Ende war. Die Antwort war einfach: Er wollte auf jeden Fall irgendwo essen, wo es keinen Marcus gab. Marcus zuzuhören, während er in einem fort von Rae sprach, war wirklich alles andere als appetitanregend. Es drehte ihm eher den Magen um. *Ich werde also mal kurz in ...*

Anthony spürte, wie ihm jemand auf den Hintern schlug, und das brachte sein Gehirn zum Stolpern. Der Gedanke blieb unvollendet. Er drehte sich um und sah Yana, die ihn angrinste. Ihre blauen Augen blitzten.

„Ich konnte nicht anders. Ich musste einfach vorbeikommen und es tun", sagte sie zu ihm.

„Du bist von deiner Schule hierher gefahren, um mir an den Hintern zu fassen?", fragte Anthony und suchte unwillkürlich den Flur schnell nach Rae ab. Damit er nur nichts Falsches tat.

„Nun ja, das war ein Grund. Außerdem wollte ich mit dir zum Mittagessen in mein Lieblings-Taco-Restaurant fahren", erklärte Yana. „Drei Enchiladas für einen Dollar. Ich lad dich ein."

„Ich bin dabei", sagte Anthony. Bevor er richtig zu Ende gesprochen hatte, verließ Yana schon das Gebäude. *Die ist sich ihrer Sache ja verdammt sicher*, dachte Anthony.

Und warum sollte sie das auch nicht sein? Als ob er Nein hätte sagen können! Es war ganz schön schmeichelhaft, wenn ein heißer Feger wie Yana extra Wege auf sich nahm, um mit ihm zusammen zu sein. Sie tauchte jetzt ständig auf – beim Training oder sogar bei ihm zu Hause. Und er freute sich immer, wenn er sie sah.

Oder ... oder bedeutete ihr ständiges Auftauchen vielleicht, dass sie dachte ... Anthony wusste nicht genau, was er befürchten sollte. Wer konnte sich schon vorstellen, was im Kopf eines Mädchens vor sich ging? Aber dachte sie vielleicht, dass sie ein Paar wären? Oder hatte sie sich in ihn verliebt? Denn das – das wäre einfach Mist.

Während Yana und er über den Parkplatz zu ihrem Käfer gingen, schlang sie ihren Arm um seine Hüfte und drückte ihn sanft mit der Hand in seine Seite. Er hätte nie gedacht, dass so eine nichtige Berührung ihn so aus dem Konzept bringen könnte, aber bei Yana ...

Konzentrier dich, befahl sich Anthony. *Konzentrier dich darauf, dein Hirn zu benutzen. Wenn sie denkt, dass etwas ... wie nannten die Mädchen es noch? Ernsthaft. Dass etwas Ernsthaftes zwischen uns läuft, dann musst du sie auf den Boden der Tatsachen bringen.* Anthony stieg in Yanas Auto und schlug die Tür zu.

Yana schoss in ihrer üblichen Heiße-Reifen-Manier vom Parkplatz.

Er sah sie an, versuchte zu erkennen, ob sie sich ihrer Ansicht nach in der Ernsthaft-Zone befanden. *Du musst schon das Maul aufmachen und sie fragen*, sagte er sich. *Denn auf*

*diese Mädchen-Tour jeden einzelnen Schritt zu analysieren,
wirst du es auf keinen Fall herausfinden.*

So machte es seine Mutter nämlich immer. Anthony konnte sich noch gut daran erinnern, wie sie stundenlang mit ihren Freundinnen telefoniert und über Tom geredet hatte, was er gesagt hatte und was es zu bedeuten hatte, wenn er dies sagte, und was es zu bedeuten hatte, wenn er jenes tat, und dass es nur bedeuten konnte, dass er sie wirklich mochte, wenn er versuchte, nicht in ihrer Gegenwart zu rülpsen. So hätte Anthony niemals denken können. *Also, mach schon, frag sie.*

„Äh", sagte Anthony. Und das war alles, was er herausbrachte.

„Äh?", wiederholte Yana und hob die Augenbrauen.

„Äh." Anthonys Hirn bremste wieder durch. Er kam sich vor wie früher in der Finken-Klasse. „Ich habe über uns nachgedacht." Hatte er das jetzt wirklich gesagt? Er begann, mit einer Ferse auf und nieder zu hämmern, wobei sein ganzes Bein hüpfte. Wie hatte er das Wort „uns" nur so benutzen können? Eigentlich ging es ihm ja darum, dass es kein „uns" gab. „Über dich und mich", verbesserte er sich. „Meinst du ... Du meinst ... du meinst das doch nicht, äh, ernst ... nicht wahr? Ernst mit ..." Er wollte nicht wieder „uns" sagen, darum deutete er zwischen ihnen hin und her. Yana lachte. „Beruhig dich, Fascinelli. Ich habe nicht beschlossen, dass ich ohne dich nicht mehr leben kann."

„Gut", platzte Anthony erlöst heraus. *Ich hätte vielleicht nicht ganz so erleichtert klingen dürfen,* überlegte er.

Yana bog auf den Parkplatz des Taco-Restaurants und fuhr zur Drive-in-Spur. „Ich bin einfach gern mit dir zusammen. Das ist alles. Ein bisschen Spaß zusammen haben." Sie fuhr zur Sprechanlage und bestellte, ohne Anthony zu fragen, was er wollte. Dann drehte sie sich wieder um und sah ihn an. „So. Geht es dir jetzt besser?" Sie strich mit einem Finger über sein Bein.

„Ja. Viel besser", presste Anthony hervor, während Yana kleine Kreise auf die Innenseite seines Beins zu zeichnen begann, ein wenig oberhalb seines Knies.

Hinter ihnen hupte jemand, und Yana fuhr zur Kasse und bezahlte das Essen. Dann lenkte sie den Wagen auf den Parkplatz, in eine Ecke unter einem großen Baum. Die Zweige hingen auf die Windschutzscheibe und die Vorderfenster herab und bildeten eine Art Höhle.

Yana drückte Anthony die Tüte mit dem Essen in die Hand. Sie war verdammt heiß. Aber bei weitem nicht so heiß wie die Stelle an seinem Bein, die Yana mit ihrem Finger bearbeitet hatte. Anthony stellte die Tüte auf den Boden. Im Moment interessierte er sich nicht für das Essen. Alles, was er wollte, war wieder ihre Hände an seinem Körper zu spüren.

„Ach, Raes Vater hat mich gestern Abend angerufen", sagte Yana.

Anthony hatte das Gefühl, den kompletten Cola-Becher auf seinem Schoß verschüttet zu haben. Einschließlich der zerstoßenen Eiswürfel. Aber Yana hielt die Tüte mit den Getränken ja noch fest. „Raes Vater?", wiederholte er und versuchte so zu klingen, als wäre er nicht gerade vom Glühen zum Erfrieren gewechselt.

„Ja. Rae hat an diesem Wochenende Geburtstag", fuhr Yana fort. „Ihr Vater möchte, dass du und ich mit ihnen ins Restaurant kommen und wir da die Kuchen-und-Kerzen-Show abziehen. Ich habe ihm schon gesagt, dass wir kommen."

„Ich dachte, du ...", begann Anthony.

„... dass ich Rae hasse und verachte?", beendete Yana den Satz für ihn. Sie holte ihren Milkshake aus der Tüte und reichte Anthony seine Cola. „Ich bin immer noch sauer über das, was sie getan hat. Aber sie ist meine Freundin. Und es ist ihr Geburtstag. Also – was soll ich machen?"

Anthony nickte. „Es ist schwer, lange sauer auf Rae zu sein, sogar, wenn sie was richtig Blödes gemacht hat", sagte er.

Anthony versuchte sich vorzustellen, wie er mit Yana zum Restaurant kam und Rae damit klar machte, dass sie zusammen waren. Zwar nicht ernsthaft oder so, aber immerhin.

Das ist doch das, was du immer gewollt hast, redete er sich ein. *Es ist vernünftig, wenn du mit jemandem wie Yana zusammen bist. Mit jemandem, der dir viel ähnlicher ist, der so lebt wie du. So wie es für Rae vernünftig ist, mit einem Typen wie Marcus zusammen zu sein – wenn nicht ganz genau mit dem Marcus.*

Es wäre gut, wenn das endlich mal klar würde. Dann könnten er und Yana und Rae sich wieder miteinander treffen. So wie früher. Oder wenigstens fast so wie früher.

„Wie sehe ich aus?", wollte Rae von Jesse wissen, als sie aus dem Bus stiegen. „Ich meine, sehe ich anders genug aus?" Sie schüttelte ihre schwarze Kurzhaarperücke. Sie konnte es immer noch nicht fassen, dass es ihr gelungen war, ihre langen, glänzenden Haare komplett darunter zu verstecken.

„Du siehst toll aus", sagte Jesse und starrte dabei auf ihre Brüste – ihre ausgepolsterten Brüste. Rae lachte, und Jesse wurde rot im Gesicht, denn er begriff, dass er beim Gaffen erwischt worden war. Die Sommersprossen auf seinen roten Wangen erinnerten Rae an die kleinen Samen in Johannisbeermarmelade.

„Danke", antwortete Rae. „Ich habe mich etwas auffälliger geschminkt als sonst", fügte sie hinzu und umging damit Jesses Ausrutscher.

Seine Röte verblasste ein wenig. „Ja. Das habe ich bemerkt", sagte er.

Rae gelang es, ein Kichern zu unterdrücken.

„Ich wette, Anthony würde dein neues Ich gefallen", fügte

er hinzu. Dann machte er eine Pause. „Ich hatte eigentlich gedacht, dass er auch mitkommt", fuhr er fort, und die Enttäuschung in seiner Stimme war nicht zu überhören.

Rae verging die Lust zu lachen. „Anthony hat ziemlich viel zu tun. Mit dem Training. Und er muss an der neuen Schule ja erst einmal aufholen", antwortete Rae.

„Ja, hab ich mir schon gedacht", murmelte Jesse.

Rae biss sich auf die Lippen. Sie hatte das Gefühl, Jesse konnte eine Ablenkung vom Thema „Anthony" genauso gut gebrauchen wie sie. „Das Wilton Center liegt nur einen Block entfernt", sagte sie zu ihm. „Das Wichtigste, wonach wir uns umsehen müssen, wenn wir erst einmal drinnen sind, sind alle greifbaren Informationen über die Experimente und ..."

„Ich habe es verstanden", fiel ihr Jesse ins Wort. „Wir haben bereits darüber gesprochen. Etwa hundert Mal."

„Du hast Recht", antwortete Rae. „Also, gehen wir. Denk daran, dass ich deine Schwester bin und du an einem Holzschnitzkurs teilnehmen ..."

„Ich. Habe. Es. Verstanden", sagte Jesse. „Hier geht's lang, richtig?" Ohne auf eine Antwort von Rae zu warten, marschierte er los, die Straße entlang.

„Stimmt." Rae holte ihn wieder ein.

Einen Augenblick später kam das Center in Sicht. Rae fasste Jesse am Ellbogen, wobei sie ein paar verschwommene Gedanken von seinem Ärmel aufnahm. „Pass auf, ich weiß, dass ich dir das auch schon gesagt habe, aber hör mir noch einmal zu, okay?" Sie lief etwas schneller. „Trotz dieser Verkleidung ist es möglich, dass der Unbekannte, der mir die Patrone geschickt hat, uns in diesem Moment beobachtet. In der Nachricht, die er mir geschickt hat, gibt er zu, dass er Mandys Mutter umgebracht hat. Oder er brüstet sich vielmehr damit. Und ich denke, wer immer es auch sein mag – der falsche Gasmann, oder was er in Wirklichkeit ist – er wird kein Problem damit haben, noch jemanden umzubringen. Ich will auf keinen Fall ..."

„Du willst auf keinen Fall, dass mir etwas passiert", sprach Jesse für sie zu Ende.

„Ich will auf keinen Fall, dass du bei dieser Sache umkommst", verbesserte ihn Rae, weil sie wollte, dass er sich genau darüber im Klaren war, worauf er sich hier einließ. „Ich weiß, dass du ..."

„Halt die Klappe!", fiel Jesse ihr ins Wort und erinnerte sie damit eine Sekunde lang an Anthony. „Hier geht es nicht nur um dich. Immerhin war ich es, der von diesem Typen entführt worden ist. Und Mandys Leben hat er so gut wie zerstört. Aber natürlich hat er auch versucht, dich umzubringen", fügte er schnell hinzu.

Er hat weniger als eine Stunde mit Mandy verbracht, und er entwickelt schon solche Schutzgefühle für sie, dachte Rae. Ihre Brust begann zu schmerzen, als wenn jemand versuchte, ihr Herz in vier verschiedene Richtungen zu ziehen. Es war so rührend, wie Jesse auf Mandy abfuhr. Aber es gab Rae das Gefühl, so allein zu sein.

Nimm dich zusammen, befahl sie sich. *Das ist jetzt nicht der richtige Zeitpunkt. Wenn es überhaupt einen richtigen Zeitpunkt für Selbstmitleid gibt.*

Sie überquerten den Parkplatz und gingen zum Haupteingang. Sie hatten versucht, zeitlich so anzukommen, dass die Kurse liefen, und so wie es aussah, war es ihnen gelungen. Die Flure waren leer.

„Hast du eine Vorstellung, wo sich die Sicherheitsbildschirme befinden könnten?", fragte Rae leise.

Jesse zuckte die Schultern. „In welche Richtung seid ihr denn letztes Mal gegangen?"

„Nach rechts", antwortete Rae.

„Dann lass es uns mal links versuchen", meinte Jesse.

Dieser Ort kommt einem so normal vor, dachte Rae, während sie den Flur entlanggingen und an einer Reihe offenbar handgebastelter Drachen vorbeikamen, die in fröhlichen Farben leuchteten. Und das machte es noch schlimmer. Etwas so Dunkles und Undurchsichtiges hätte niemals hier vonstatten gehen dürfen. An einem Ort, an dem Kinder ihre Drachen mit ihren Lieblings-Comicfiguren bemalten.

„Ich glaube, da hinten ist der Raum für den Sicherheitsdienst", sagte Jesse und riss Rae aus ihren Gedanken. „Bleib du hier. Ich locke ihn heraus."

„Sollen wir noch mal üben, was du ...", begann Rae. Aber

Jesse lief schon los, und ihr blieb nichts weiter übrig, als ihm nachzusehen.

Als Jesse an die Tür des Sicherheitsdienstes kam, hämmerte er mit beiden Fäusten dagegen. Augenblicklich wurde die Tür von einem Mitarbeiter des Sicherheitsdienstes geöffnet, der ein bisschen wie ein Marineoffizier aussah.

Rae wandte sich den gebastelten Drachen zu, lauschte aber auf jedes Wort.

„Was ist?", bellte der Wachmann.

„Ich war gerade auf der Toilette, und da war ein Typ. Sein Rucksack stand ein Stück offen, und ich konnte eine Pistole darin sehen", platzte Jesse mit hoher, atemloser Stimme heraus.

Oh, nein! Das ist ja nicht gerade die beste Story, dachte Rae. *Der Wachmann hat uns möglicherweise auf einem der Monitore hereinkommen sehen. Womöglich weiß er, dass Jesse überhaupt nicht auf der Toilette war. Und vielleicht weiß er auch ...*

„Ist er noch auf der Toilette?", fragte der Wachmann.

Rae stieß einen Atemzug aus, von dem sie gar nicht gewusst hatte, dass sie ihn angehalten hatte.

„Das war er jedenfalls, als ich gegangen bin. Und ich bin gleich hierher gelaufen", antwortete Jesse.

„Zeig", sagte der Wachmann.

Rae betrachtete weiter die Drachen, bis Jesse und der Wachmann an ihr vorbeigestürzt waren. Sie wartete noch dreißig Sekunden, riskierte dann einen kurzen Blick, um sicherzugehen, dass sie sich außer Sichtweite befanden, und lief dann zum Aufsichtsraum.

Hoffentlich hat diese Tür keinen automatischen Schließmechanismus, dachte sie. Sie griff nach dem Türknauf, drehte ihn und drückte. Es gab einen winzigen Widerstand, dann ging die Tür auf. Rae lächelte, als sie das Stück Gummi sah, das verhinderte, dass sich die Tür ganz schloss. „Einfach, aber praktisch, wie mein Dad sagen würde", murmelte sie und trat ein.

Sofort flogen ihre Augen über eine Reihe von Monitoren und wanderten von Bildschirm zu Bildschirm. Der Haupteingang. Das Lager. Der Töpferkurs. Flur. Flur. Der Flamenco-Kurs. Treppe. Büro. Yoga-Kurs. Flur. Treppe. Ihre Augen schossen schneller hin und her. *Hier ist nichts*, dachte sie.

Es war wohl ein ziemlich dummer Plan. Als ob Jesse und ich einfach hier hereinlatschen, zum Überwachungsbildschirm gehen und – Juhu! – alle Antworten finden könnten!

Rae sah sich kurz im gesamten Raum um. Er war viel zu klein, um hier etwas verstecken zu können.

Wenn es da nicht noch eine weitere Tür gäbe! Rae hatte sie zunächst überhaupt nicht bemerkt. Sie hatte sich vollkommen auf die Bildschirme konzentriert. Und man musste auch sehr genau hinsehen, um die feine Linie, die an einer Stelle der Wand einmal ganz herum führte, zu erkennen. Aber es handelte sich auf jeden Fall um eine Tür!

Mit zwei Schritten war sie dort, dann räumte sie einige Kisten weg, die die eine Seite verdeckten. Ja. Da war ein Griff. Ein Türgriff. Sie fasste ihn an.

/ Sonderlohn / **die Irren** / Milch kaufen /

Abgeschlossen. Natürlich war abgeschlossen! Vielleicht sollte sie versuchen, die Tür mit einer Büroklammer zu öffnen? Obwohl das wahrscheinlich genauso ein Schwachsinn war wie Plan A. Rae warf einen Blick auf die Monitore und sah Jesse und den Wachmann. Sie gingen gerade in einen Kursraum. Zum Glück konnte Jesse reden wie ein Wasserfall!

Rae öffnete ihre Tasche und wühlte sie durch, ohne auf ihre alten Gedanken zu achten. Schließlich fand sie eine Haarspange, von der ihr das eine Ende schmal genug erschien, um in das Schloss zu passen.

„Das Problem ist nur", murmelte sie, als sie ihre Aufmerksamkeit wieder der Tür zuwandte, „es gibt kein Schloss."

Was bedeutete, es musste – tatsächlich, an einer Seite der Tür befand sich ein kleines elektronisches Zahlenschloss. Rae strich mit ihren Fingern über die Tasten. Sie waren zu klein für ganze Fingerabdrücke, und sie waren sehr oft benutzt worden, daher empfing sie fast nur Knistern.

Sie blickte wieder zu den Bildschirmen. Sie hatte noch Zeit. Sie hatte noch Zeit! Rae wischte ihre verschwitzten Hände an ihrer Hose ab. Dann ließ sie ihre Finger noch einmal und langsamer über die Tasten gleiten.

Es knistert nicht bei allen, fiel ihr auf. *Nur bei drei, vier, sieben und neun. Was bedeutet ...*

Rae tippte die Kombination drei, vier, sieben, neun ein. Die Tür öffnete sich nicht. *Na gut, aber es sind nur diese vier Ziffern,* dachte sie. *Unendlich viele Kombinationen kann es nicht geben.*

So schnell sie konnte, gab Rae die Ziffern in einer anderen Reihenfolge ein. Ohne Glück.

Vielleicht habe ich nur eine bestimmte Anzahl Versuche, bis der Alarm losgeht?, fragte sie sich, und ihr Herz schlängelte sich langsam zu ihrem Hals empor. *Ich muss es riskieren,* beschloss Rae und tippte wieder auf dem Zahlenfeld herum. Sie schluckte krampfhaft, versuchte ihr Herz wieder an die Stelle zu bewegen, wohin es gehörte, da es sie fast schon am Atmen hinderte. Die Tür rührte sich nicht. Sie tippte noch eine Kombination ein. Die letzte. Und die Tür öffnete sich nicht.

Wenn sie das Gefühl gehabt hätte, dass es ihr helfen könnte, hätte Rae sich den Hals mit den Fingernägeln aufgerissen, um ein wenig Luft zu bekommen. Wie sollte sie nachdenken, wenn sie nicht atmen konnte?

Du kannst atmen, sagte sie sich. Sie sog einen Mund voll Luft ein, nur um es sich zu beweisen. Und dann berührte sie jeden Knopf noch einmal, mit nur einem Finger. Ja, das Knistern kam bei drei, vier, sieben, neun. Aber das Knistern, das sie bei der Vier empfangen hatte, war eine Kleinigkeit lauter. War es vielleicht eine Kombination aus fünf Stellen, nicht nur aus vier? Was mehr Variationsmöglichkeiten bedeutete. Und zwar wesentlich mehr. Ob ihr dazu genug Zeit blieb?

Rae tippte eine fünfstellige Kombination mit zwei vieren ein und fluchte. Sie hatte auf die Zwei anstatt auf die Drei gedrückt. Auf diese Weise musste die Tür ja geschlossen bleiben! *Konzentrier dich,* befahl sie sich. Sie gab eine neue Kombination ein. Die Tür blieb zu. Noch eine. Immer noch zu. Noch eine.

Dann hörte sie ein Klicken. Was für ein herrliches Geräusch! Vorsichtig und respektvoll drehte Rae den Türknopf und zog. Die Tür ging auf. Über ihre Schulter warf sie einen Blick auf die Bildschirme. Ihr Herz begann gegen die Wände ihres Halses zu pochen. Jesse und der Wachmann gingen den Flur entlang. Kamen sie zurück?

Sie konnte jetzt nicht abhauen. Sie war zu nah dran. Rae schob sich durch die Tür. Der Raum, in dem sie sich wiederfand, war nicht größer als eine Abstellkammer. Es gab einen Tisch, einen Stuhl und einen Bildschirm.

Rae ballte die Hände an ihren Hüften zu Fäusten und zwang sich, das Bild auf dem Monitor zu betrachten. Sie erstarrte am ganzen Körper. Es sah aus wie ein Krankenhauszimmer, mit Patienten, die in Betten lagen, an Infusionen hingen und an Puls-Aufzeichnungsgeräte und andere Dinge, die Rae nicht kannte, angeschlossen waren. Eine

Frau mit einem Klemmbrett ging von Bett zu Bett und machte sich Notizen.

„Experimente", flüsterte Rae. „Sie machen hier immer noch Experimente." Was sonst sollte dort in dem Raum vor sich gehen? Das Wilton Center bot zwar Kurse an, in denen man in sechs Wochen einen Pullover stricken konnte, aber keine Kurse, in denen man in sechs Wochen Arzt werden konnte. *Ob meine Mutter in einem dieser Betten gelegen hat?*, überlegte Rae. *Oder Mandys Mutter?* Bittere Galle schoss Rae in den Rachen. Sie schluckte krampfhaft und versuchte die Galle wieder hinunterzuwürgen. Aber es funktionierte nicht richtig. Das Brennen der Säure hielt an. Was geschah mit diesen Leuten dort?

Darüber kannst du später nachdenken. Es wird Zeit, dass du hier rauskommst, sagte sich Rae. Sie schlüpfte zurück in den Sicherheitsraum, schloss vorsichtig die Tür hinter sich und lief auf den Flur. Einen Augenblick später bogen Jesse und der Wachmann um die Ecke. Sie kamen zurück zum Sicherheitsraum, und der Wachmann ... sah alles andere als erheitert aus.

Ich muss mich einschalten, dachte Rae und konnte nur hoffen, dass der Wachmann nicht mitbekommen hatte, dass er mit Jesse vorhin an ihr vorbeigekommen war. „Da bist du ja!", rief sie aus und stürzte den beiden entgegen. „Ich habe dich überall gesucht. Mom wartet schon auf dem Parkplatz."

„Dann sag deiner Mutter, dass sie mal hereinkommen soll", blaffte der Wachmann Rae an.

„Warum? Was ist denn los? Stimmt etwas nicht?", fragte Rae.

Jesse warf ihr einen Beruhig-dich-Blick zu, aber Rae dachte, es könnte die richtige Methode sein, wenn sie sich leicht hysterisch gab.

„Was passiert ist? Dein Bruder hat mir erzählt, dass er auf der Toilette war und im Rucksack eines anderen Jungen eine Pistole gesehen hat", antwortete der Wachmann. „Aber wir haben nicht nur den Jungen nicht gefunden, sondern dein Bruder hat auch eine ganze Weile gebraucht, bis er das Klo gefunden hatte, in dem er angeblich gewesen war, bevor er so schnell wie möglich zu mir gekommen ist. Er meinte, es hätte daran gelegen, dass er nervös war, aber ..." Der Wachmann unterbrach sich und schüttelte den Kopf.

Offensichtlich hatte unser Plan eine Schwachstelle, fiel Rae auf. *Wir hätten erst das Klo suchen sollen. Aber mal sehen, ob sich das nicht wieder einrenken lässt.* Sie trat einen Schritt näher an den Wachmann heran, und seine Augen irrten blitzschnell – so schnell, dass man es kaum sehen konnte – über ihre ausgestopften Brüste. *Gut. Widerlich, aber gut,* dachte Rae. Sie und Jesse mussten jetzt jede Chance nutzen, die sich ihnen bot.

„Es ist so", begann Rae und senkte ein wenig ihre Stimme.

„Sie wissen doch, dass man in den Nachrichten jetzt so viel darüber hört, dass Jugendliche durchdrehen und in der Schule um sich knallen", sagte sie und fuhr fort, ohne auf eine Antwort zu warten. „Das nimmt meinen Bruder ziemlich mit. Er hat fast jede Nacht Albträume. Sein Zimmer liegt gegenüber von meinem, und seine Schreie – ich wache davon immer auf, und mein Herz schlägt mit Schallgeschwindigkeit." Sie trat einen Schritt näher an den Wachmann heran und senkte ihre Stimme noch mehr. „Er macht jetzt sogar sein Bett nass. Ich bin sicher, er wollte Sie nicht an der Nase herumführen. Er bekommt nur manchmal Angst, verstehen Sie?"

„Na gut. Von mir aus. Jetzt aber raus mit euch." Der Wachmann wandte sich an Jesse. „Und beim nächsten Mal überlegst du dir besser, was du sagst."

„Das wird er bestimmt tun", antwortete Rae für Jesse. Sie packte ihn am Ellbogen, drehte ihn herum und schob ihn vor sich her über den Flur.

„Ich finde es gemein, dass du gesagt hast, ich würde ins Bett machen", knurrte Jesse.

„Immerhin sind wir dadurch wieder hier rausgekommen, oder?", entgegnete Rae, während sie zum Haupteingang gingen.

„Stimmt. Aber du hättest auch etwas anderes sagen können", beschwerte sich Jesse. „Also. Was hast du herausgefunden?"

Während sie über den Parkplatz und von da aus den Bürgersteig entlang zur Bushaltestelle gingen, erzählte Rae ihm alles.

„Wir müssen uns einen Plan ausdenken, wie wir in diesen Raum kommen und ..." Jesse unterbrach sich plötzlich. „Fällt dir an dem blauen Van auf der anderen Straßenseite etwas auf?"

„Vielleicht, dass er ausgesprochen langsam fährt?", antwortet Rae und hatte Mühe, nicht zu dem Van mit den getönten Scheiben hinüberzusehen.

„Ja. Und dass er so gut wie direkt gegenüber von uns steht", meinte Jesse.

Ohne sich abzusprechen, gingen sie an der Bushaltestelle vorbei und bogen an der nächsten Ecke rechts ab. „Ist er noch da?" Rae musste die Worte aus ihrem Hals herauspressen, der so rau wie Sandpapier war.

„Ja", antwortete Jesse.

Dann begannen sie zu laufen. Rae hörte, dass der Wagen hinter ihnen beschleunigte. Ein zischendes Geräusch drang an ihre Ohren, während sie lief, so schnell sie konnte.

„Lauf an der Ecke kurz nach rechts", rief Jesse ihr zu. „Wenn sie abbiegen, drehen wir um ..."

Rae brauchte einige Schritte, bis sie merkte, dass Jesse nicht mehr neben ihr war. Sie blieb ruckartig stehen und drehte sich um, um nach ihm zu sehen. Er lag auf dem Bürgersteig, seine Augen blickten starr nach oben, und sein Mund

144

war so weit aufgerissen, dass seine schlaffe Zunge heraushing.

„O Gott! O nein!" Rae lief zu Jesse und fiel neben ihm auf die Knie. Sie klopfte ihm vorsichtig auf die Wangen. „Jesse, komm schon, sprich mit mir." Er bewegte sich nicht.

Mit zitternder Hand suchte Rae an seinem Hals den Puls. Ihre Finger strichen über etwas Spitzes, und sie sah hinab. Ihr Hirn brauchte einen Moment, um zu verarbeiten, was sie dort sah.

Einen Betäubungspfeil.

KAPITEL ACHT

Anthony streifte durch das Einkaufszentrum. Er hasste Einkaufszentren. Eins war wie das andere. Er hasste Shopping. Aber er wollte Rae morgen Abend ein richtiges Geburtstagsgeschenk machen, etwas, woran sie sehen konnte ... na, er wollte ihr eben einfach etwas Schönes kaufen. Damit er sich vor ihrem Vater nicht zum Idioten machte.

Er kam am Body Shop vorbei, zögerte, dann drehte er sich um und ging hinein. Dort gab es jede Menge Flaschen mit Gott weiß was drin. Viel zu viele Flaschen. Auf Tischen. Auf Regalen. Auf Theken. Eine falsche Bewegung, und er würde mit einem Schlag ein halbes Dutzend umwerfen. Vorsichtig nahm Anthony einen flachen Glastiegel mit einem Zeug in die Hand, das sich Sugar-Scrub nannte. Sechzehn Dollar. Wenn er einen ganzen Tisch umwürfe, kostete ihn das ...

„Dieses Peeling aus braunem Zucker ist etwas ganz Tolles", schwärmte eine Verkäuferin mit Pferdeschwanz, die jetzt auf ihn zu kam. „Damit entfernt man sämtliche abgestorbenen Hautzellen. Und es bewahrt die Feuchtigkeit. Es gibt verschiedene Duftrichtungen: Vanille, Lavendel, Indische Gardenie und Zitrusfrüchte."

Zitrusfrüchte. Das könnte Rae gefallen. Es würde zu dem Parfüm passen, das sie immer benutzte. Plötzlich war Anthonys Hirn sehr damit beschäftigt, sich Rae in der Dusche vorzustellen, wie sie sich überall mit diesem Zuckerzeug einrieb ...

Verdammt! Was machte er ... verdammt! Anthony knallte den Tiegel derart heftig hin, dass die anderen Töpfe klirrten.

„Vielleicht nicht ganz das, was du dir vorgestellt hattest?", sagte die Verkäuferin mit dem Pferdeschwanz und schob die Tiegel etwas weiter in die Mitte des Tisches.

„Nein." Anthony rieb sich mit den Fingern über das Gesicht. „Nein", sagte er noch mal.

„Wenn du ein Geschenk suchst – wir haben noch eine Reihe anderer hübscher Dinge", sagte die Verkäuferin. „Zum Beispiel diese wunderbare Kakaobutter-Feuchtigkeitspflege." Sie nahm eine große runde Dose in die Hand.

Anthony versuchte sie anzusehen, aber sie begann zu flimmern und zu verschwimmen. Er konnte nur noch daran denken, wie Rae sich damit einrieb ...

„Nein", platzte Anthony heraus und machte ein paar Schritte rückwärts zum Ausgang des Ladens. „Nein, danke." Dann stürmte er davon. Er verlangsamte sein Tempo erst, als er zu einer Buchhandlung kam. Genau, dachte er.

So etwas ist gut. Ich werde ihr ein Buch über Kunst kaufen. Ein richtig schönes. Und teures. Er hatte ein bisschen Geld von den Aushilfsjobs in der Autowerkstatt, in der er ab und zu arbeiten konnte.

Als er die Kunstabteilung endlich gefunden hatte, waren seine Achseln feucht. Hier gab es einfach viel zu viele Bücher. Und zu viele Leute, die offenbar gern lasen. *Such einfach irgendeins aus und geh wieder,* sagte er sich. Aber wie sollte er denn eins aussuchen? Allein in dieser Abteilung gab es Hunderte von Büchern. Wenn er das Falsche aussuchte, eins über einen Künstler, von dem alle Welt wusste, dass er nur Mist machte? Dann würde er aussehen wie der letzte Idiot.

„Was soll ich eigentlich hier?", murmelte Anthony. Er stopfte seine Hände in die Taschen und suchte sich, im Zick-Zack zwischen Reihen von Bücherregalen, seinen Weg nach draußen.

Und jetzt?, fragte er sich, als er wieder mitten in der Masse der Leute taumelte, die sich über die Flure des Einkaufszentrums schob. Er hatte keine Lust, noch ein Geschäft zu betreten. Zumindest nicht so lange, bis seine Schweißproduktion um einige Grade gesunken war.

Also schlenderte er zu einem der kleinen Stände, die rund um den großen Springbrunnen herum aufgebaut waren. Eine Reihe Halsketten waren auf einem weißen Laken ausgelegt. Die gefielen Anthony. Sie waren so filigran. Jedenfalls glaubte er, dass es so hieß. Die Silberfäden waren so fein, dass sie fast unsichtbar waren, wodurch die kleinen Anhänger aussehen mussten, als schwebten sie geradezu auf der Haut des Mädchens.

Anthony nahm eine Kette in die Hand. Seine Hände kamen ihm groß und ungelenk vor. Der leuchtend blaue Anhänger in Form einer Blume gefiel ihm. Die Farbe war fast identisch mit dem Blau von Raes Augen. Er warf einen Blick auf das Preisschild. Nicht gerade billig. Aber er konnte es aufbringen. Und es würde sich schon lohnen, Rae etwas zu kaufen, was ihr so richtig gefiel.

„Deine Freundin wird begeistert sein", sagte der Standbesitzer, als hätte er Anthonys Gedanken lesen können.

„Sie ist nicht meine Freundin", antwortete Anthony.

Der Typ blinzelte. „Wenn sie es noch nicht ist, dann wird sie es, wenn du ihr die Kette schenkst."

Anthony ließ die Kette wieder auf das Tuch fallen. *Der Typ hat Recht*, dachte er. So ein Geschenk machte man einem Mädchen nur, wenn man hoffte, mit ihr zusammenzukommen. So wie Marcus Rae das Armband geschenkt hatte, oder es zumindest versucht hatte.

Er verließ eilig den Stand.

„Etwas Schöneres wirst du nicht finden", rief ihm der Typ hinterher.

Anthony sah sich nicht um. Ohne zu zögern lief er in den nächsten Laden. *Hier werde ich etwas kaufen*, versprach er

sich. *Etwas, woran sie meine Freundschaft erkennt. Irgendet-*
was, das ich auch Jesse schenken könnte.

Rae zog den Betäubungspfeil aus Jesses Hals und empfing
dabei ein winziges Gedankenfragment, das sie aber nicht
entziffern konnte. Sie steckte den Pfeil vorsichtig in ihre
Jackentasche. Dann begann sich alles wie in Zeitlupe zu bewegen. Ihre Gedanken. Ihre Bewegungen. Ihr Herzschlag.
Der Van. Wo war der blaue Van? Sie hob ihren Kopf, sehr,
sehr langsam, und sah, dass der Van gerade auf der Straße
neben ihnen anhielt. Jedes Mal, wenn ihr langsames, tapfe-
res Herz schlug, zuckte ihre ganze Brust. Ta... bumm. Ta...
bumm.
„Jesse! Jesse, steh auf!", schrie Rae. Es kam ihr vor, als
bräuchte es eine Ewigkeit, bis die Worte über ihre Lippen
kamen. Jesse starrte sie an, aber ihr war klar, dass er sie
nicht sehen konnte. Dass er überhaupt nichts sehen konnte.
Ta... bumm. Ta... bumm. Durch das Geräusch ihres stamp-
fenden Herzens hörte Rae etwas klicken. Sie riskierte einen
Blick auf den Van und sah, wie die Seitentür aufglitt.
„Hilfe!", schrie Rae, so laut sie konnte. Sie schob eine Hand
unter Jesses Hals und hob ihn vom Bürgersteig auf. Gleichzeitig packte sie ihn mit der freien Hand vorn am Hemd
und zog. Langsam, viel zu langsam, gelang es ihr, Jesse auf
die Füße zu stellen. „Hiiilfe!", schrie sie wieder, und das In-

nere ihres Halses fühlte sich wie ein Reibeisen an, während das Wort immer und immer wieder aus ihr herausdrang.

Rae schleppte Jesse in den Vorgarten des nächstgelegenen Hauses. Sie fixierte die hellgrüne Haustür. Für jeden Schritt schien sie eine ganze Minute zu brauchen. Ta... bumm. Ta... bumm. Ihr Herz schlug so langsam. Rae war sich sicher, dass es gleich stehen bliebe. *Wo sind ... die Leute ... aus dem Van?*, dachte sie. Ihr Hirn lief auf niedrigster Stufe.

Sie rechnete jeden Moment damit, eine Hand auf ihrer Schulter zu spüren. Oder einen Pfeil, der sie in den Rücken stach. *Lauf!*, befahl sie sich. *Lauf ... weiter!* Sie kämpfte sich voran, hatte das Gefühl, sich ihren Weg durch klebrige Hafergrütze bahnen zu müssen. Ta... bumm. Ta... bumm.

Jesse klappte zusammen und fiel auf die Knie. Rae nahm sich nicht die Zeit, ihn wieder aufzurichten. Sie beugte sich über ihn, packte fester zu und zog ihn durch den Vorgarten. Den Vorgarten aus Hafergrütze. Bei jedem Schritt blieb sie an ihren Füßen kleben.

Die hellgrüne Tür schien kein bisschen näher gekommen zu sein. Ta... bumm. Ta... bumm. Rae kämpfte sich weiter darauf zu. *Sie muss aber doch ... näher gekommen sein,* dachte sie. Dann wurde die Tür geöffnet.

Tabummtabumm. Raes Herz schlug gegen ihre Rippen. Die Zeit lief wieder in Normaltempo. Nein, schneller.

Eine kleine Frau erschien im Türrahmen. „Wasistdennlos?", rief sie.

Rae hatte nicht verstanden, was die Frau gesagt hatte. Es war zu schnell gewesen, zu undeutlich.

„Siemüssenunshelfen", rief Rae und riss Jesse herum, damit die Frau ihn sehen konnte. „Wirwerdenverfolgt." Sogar ihre eigenen Worte klangen verwischt.

Sobald die Frau Jesse sah, rannte sie die Treppe hinunter. Sie legte einen Arm um Jesses Schultern, und die Welt begann sich wieder normal zu drehen.

„Wer ist hinter euch her?", rief die Frau aus.

Rae warf einen Blick über ihre Schulter. Der Van war verschwunden. „Egal. Wir müssen den Notarzt rufen. Ich weiß nicht, ob er noch atmet."

Zusammen mit der Frau gelang es ihr, Jesse die beiden Stufen hinauf ins Haus zu schleppen und dort auf ein Sofa zu legen. „Bitte, Sie müssen uns helfen. Er ... ich weiß nicht ... er stirbt vielleicht."

Die Frau nickte und ging aus dem Zimmer.

Rae senkte ihren Kopf auf Jesses Brust herab. Gott sei Dank! Sein Herz schlug noch. Sie war sich nicht sicher gewesen. Sie hatte Angst gehabt, dass er schon gestorben sei. „Alles wird gut, Jesse. Wir kümmern uns um dich." Sie drückte ihr Ohr noch mal auf seine Brust. Um sicherzugehen.

Als sie die Schritte ins Zimmer zurückkehren hörte, hob sie den Kopf. „Der Notarzt ist auf dem Weg", sagte die Frau.

Zum ersten Mal sah Rae sie richtig an. Sie war jünger, als

152

Rae erwartet hatte, in den Zwanzigern, und hatte kurzes, schwarzes Haar. „Wie geht es ihm?"

„Er atmet", antwortete Rae. „Ich glaube ..." Im Inneren ihrer Nase begann es zu kitzeln, und ein Knoten von der Größe eines Eiswürfels bildete sich in ihrem Hals.

„Der Notarzt wird jeden Moment hier sein", sagte die Frau, die offenbar genau mitbekam, dass Rae um Fassung rang.

„Was ist denn überhaupt passiert?"

Das ist jetzt nicht der passende Moment für die Wahrheit, dachte Rae. Wenn sie dieser Frau die Wahrheit sagte, dann würden die Leute aus dem Van vielleicht eines Tages wieder kommen, in das Haus einbrechen und die Frau in ihrem eigenen Bett umbringen. Dieser Gedanke ließ sie schaudern. „Da waren ein paar Jungs. Ältere Jungs, vom College vielleicht, die saßen in einem Cabrio. Sie haben uns verfolgt. So ganz langsam, wissen Sie. Sie haben angefangen, uns mit Sachen zu bewerfen. Und dann hat einer von ihnen eine Flasche geworfen. Wir sind einfach weggelaufen, und Jesse ..." Rae schluckte den riesigen Eisklumpen herunter, der sich wieder in ihrem Hals bilden wollte. „Jesse ist zusammengeklappt."

Rae strich Jesse mit der Rückseite ihrer Finger über die Wange. Dann fuhr sie mit der Hand etwas weiter nach unten, wollte seinen Atem fühlen, sichergehen, dass ...

Jesse hustete, und Rae quiekte leise. Seine Augenlider zitterten, dann schlug er sie auf.

Er erkennt mich, schoss es Rae durch den Kopf. Das Bewusstsein in seinen blauen Augen war nicht zu übersehen.

„Was ist passiert?", murmelte er.

Rae stieß einen Laut aus Lachen und Seufzen aus.

„Ich gehe zur Tür und warte auf den Notarzt", sagte die Frau.

Rae nickte. Sie hatte nicht das Gefühl, jetzt sprechen zu können.

„Was ist passiert?", fragte Jesse wieder, als die Frau draußen war.

Rae räusperte sich. „Ein Pfeil mit Betäubungsmittel von unseren Freunden aus dem Van", sagte sie und gab sich Mühe, ihre Stimme fest klingen zu lassen. Eine Sirene begann zu heulen. Sie kam jede Sekunde näher. Schnell erzählte Rae Jesse die erfundene Story, die sie der Frau aufgetischt hatte.

Jesse richtete sich auf. „Lass uns von hier abhauen."

Die Sirene wurde noch lauter, dann verstummte sie.

„Zu spät", sagte Rae. „Außerdem möchte ich, dass sie mal einen Blick auf dich werfen. Ich will nur sichergehen, dass mit dir alles in Ordnung ist."

„Ich bin völlig okay", protestierte Jesse, aber Rae hörte das leise Stöhnen, als er seinen Kopf ganz in die Höhe heben wollte. „Mein Arm ist irgendwie komisch, aber sonst bin ich okay."

„Das kannst du gar nicht wissen", entgegnete Rae.

Bevor Jesse antworten konnte, stürmten die Sanitäter ins Zimmer. Rae stand auf und trat ein Stück zurück, um ihnen den Platz am Sofa zu überlassen. Sie fragten Jesse, was passiert war, und er plapperte die angebliche Story nach. Dann horchten sie sein Herz ab, maßen seinen Blutdruck und überprüften seine Pupillen.

„Der Blutdruck ist ein bisschen niedrig", sagte einer der Sanitäter. „Und der Herzschlag auch. Langsam, aber okay."

„Dann kann ich also gehen?", wollte Jesse wissen.

„Er sagt, sein Arm tut weh", warf Rae ein. Jesse sah sie böse an, aber sie kümmerte sich nicht darum. Sie wollte, dass die Sanitäter ihn komplett untersuchten.

„Kannst du deine Finger bewegen?", fragte der Sanitäter, der seinen Blutdruck gemessen hatte.

„Ja." Jesse bewegte seine Finger auf und ab, und Rae konnte sehen, dass er Mühe hatte, das Gesicht nicht vor Schmerz zu verziehen.

„Beug doch bitte mal deinen Ellbogen", sagte derselbe Sanitäter und fuhr mit seinen Fingern Jesses Arm hinauf und hinunter. „Sieht so aus, als wärst du mit ein paar Schrammen und blauen Flecken davongekommen", sagte er dann.

„Habe ich ja schon gesagt: Es geht mir gut. Kann ich jetzt nach Hause gehen?", fauchte Jesse.

Der Sanitäter sah die Frau an, in deren Haus sie sich befanden. „Ich denke, es wäre besser ..."

„Ich bin nicht mit ihm verwandt", warf die Frau ein. „Ich möchte keine Entscheidungen fällen."

„Ist bei deinen Eltern jemand zu Hause?", wandte sich der Sanitäter an Jesse.

„Meine Ma müsste zu Hause sein", antwortete Jesse.

„Du siehst zwar ganz okay aus, aber ich möchte dich lieber nach Hause bringen und mit deiner Mutter sprechen", sagte der Sanitäter. „Sie sollte mit dir zum Arzt gehen, damit er herausfindet, weswegen du zusammengebrochen bist."

„Wenn sie mich mit dem Rettungswagen nach Hause fahren, können Sie meine Mutter gleich wieder darin mitnehmen. Sie wird sich furchtbar aufregen", platzte Jesse heraus.

„Wir werden ohne Sirene fahren. Wir wollen ja nicht übertreiben", versprach der Sanitäter.

„Ich komme mit", verkündete Rae.

Ein paar Minuten später waren sie unterwegs. Rae starrte Jesse die ganze Zeit an. Sie musste sich laufend versichern, dass mit ihm auch wirklich alles in Ordnung war.

„Kannst du vielleicht mal damit aufhören?", beschwerte er sich. „Du machst mich wahnsinnig."

„Tut mir Leid", murmelte Rae. Sie faltete ihre Hände, sah auf sie herab und warf Jesse nur noch dann und wann einen kurzen Blick zu, wenn es absolut sein musste, damit sie nicht verrückt wurde.

„Du musst mir helfen, meine Ma zu beruhigen", sagte

Jesse, als sie in seine Straße einbogen. „Sirene oder nicht –
meine Mutter wird in Ohnmacht fallen."

Rae nickte. Der Rettungswagen blieb stehen. Noch bevor
die Sanitäter die hinteren Türen geöffnet hatten, hörte Rae
Mrs Beven schreien. Der schrille Ton fuhr Rae in die Knochen und ließ sie erstarren.

„Ma, es ist alles in Ordnung. Ich bin okay. Guck mich doch
an. Alles in Ordnung", sagte Jesse, sobald sich die Hintertür
öffnete und seine Mutter sichtbar wurde.

Mrs Beven kletterte in den Krankenwagen und schlang
ihre Arme um Jesse. Sie begann ihn zu wiegen wie ein kleines Kind. Und Jesse ließ es geschehen.

Fast hätte sie Jesse heute verloren, dachte Rae. *Und es wäre
meine Schuld gewesen.* Sie stieg aus dem Rettungswagen.
Sie war hier fehl am Platz. Was Mrs Beven gerade durch-
machte, war zu intim, als dass jemand, der praktisch ein
Fremder war, dabei zusehen durfte.

Ich werde ihn niemals wieder einem solchen Risiko aussetzen,
gelobte Rae. *Ich werde den Mörder allein suchen. Mein Leben
ist das einzige, das ich in Gefahr bringen darf. Ich bin diejenige,
hinter der der Mörder her ist. Und ich werde niemand anderen
in diese Sache hineinziehen. Nicht noch einmal.* Abwesend
strich sie sich über die Seite, wo sich zuletzt die taube Stelle
befunden hatte. *Und außerdem kann mir der Mörder gar
nicht mehr so viel anhaben. Vielleicht habe ich schon angefangen zu sterben.*

Rae hörte, wie die Tür an der Fahrerseite von Aiden Matthews Auto geöffnet wurde. Sie drückte sich flacher auf den Boden vor den Hintersitzen.

„Ich weiß, dass du da bist", sagte Aiden. Er klang vollkommen ruhig. „Ich habe mir schon gedacht, dass du der Typ bist, der wieder kommt. Anstatt das System zu benutzen, das ich mir ausgedacht habe – für den Fall, dass du Kontakt mit mir aufnehmen willst. Darum habe ich das Kopfkissen und die Decke nach hinten gelegt. Mich würde nur interessieren, was du getan hättest, wenn ich so schlau gewesen wäre, das Auto abzuschließen." Er schlug die Tür zu und ließ den Motor an. „Bleib unten. Ich werde uns einen Ort suchen, an dem wir reden können."

Rae wollte nicht unten bleiben. Sie hätte sich auf den Vordersitz werfen und Aiden anschreien wollen, bis ihr Gesicht knallrot wurde. Sie hätte auf ihn einschlagen können, bis er schwarz und blau war. Er wusste, wer den Pfeil mit Betäubungsmittel auf Jesse abgeschossen hatte. Dessen war Rae sich sicher. Er wusste alles. Die Wahrheit über ihre Mutter. Die Wahrheit darüber, wer Rae umbringen wollte. Und heute musste er es ihr sagen.

Sie schloss die Augen und versuchte ihre Hände zu entspannen, die sie die ganze Zeit zu Fäusten geballt hatte. *Warte, bis wir ... wo auch immer sind,* sagte sie sich. *Sei nicht dumm. Das Auto könnte gerade in diesem Moment beobachtet werden.*

Nach dem, was ihr wie eine Ewigkeit vorkam, hielt Aiden den Wagen an. Wortlos stieg er aus. Rae stieg nach ihm aus und folgte ihm zu einer heruntergekommenen Kaffeebar. Er wählte einen Platz im hinteren Teil des Ladens. Rae schob sich ihm gegenüber auf die gepolsterte Bank. Nachdem sie sich so lange im Auto versteckt hatte, waren ihre Muskeln ganz steif.

Aiden warf eine Münze in die Jukebox. Er sagte kein Wort, bis irgendein Oldie zu spielen begann. „Weißt du eigentlich, wie gefährlich es für dich ist, wenn du dem Center so nahe kommst? Der Parkplatz ist ..."

„Soll ich dir sagen, was gefährlich ist?", fiel Rae ihm ins Wort. Sie sprach genauso leise wie er. Rae knallte den Betäubungspfeil vor ihm auf den Tisch. „Es ist gefährlich, wenn einem so ein Pfeil in den Hals geschossen wird. Als wäre man irgendein Vieh. Wie es meinem Freund Jesse heute passiert ist. Weil er mir helfen wollte – im Gegensatz zu dir." Sie atmete scharf ein.

Aiden nahm den Pfeil vorsichtig in die Hand, drehte ihn in seinen Fingern, wickelte ihn dann in eine Serviette aus dem Metallspender und schob ihn über den Tisch zurück zu Rae. „Ich will dir ja helfen. Aber wenn ich dir etwas erzähle, ist das nicht ..."

„Willst du für meinen Tod verantwortlich sein?", fragte Rae. „Wenn nicht, dann solltest du jetzt besser reden."

Aiden zog kurz an seinem lächerlichen kleinen Pferdeschwanz. Er schloss seine Augen für einige Sekunden, dann öffnete er sie wieder, langte in seine Jackentasche und holte eine Hand voll Wechselgeld heraus. Er warf jede Münze in die Jukebox. „Dann werde ich dir jetzt sagen, was ich weiß", entgegnete er schließlich. „Von Anfang an."

Rae nickte.

„Du weißt, dass deine Mutter vor deiner Geburt zu einer Gruppe im Wilton Center gehörte."

Rae nickte wieder.

„Ziel dieser Gruppe war es, die parapsychologischen Kräfte von Leuten zu intensivieren, die bereits eine überdurchschnittliche Fähigkeit an Intuition gezeigt hatten."

„Wodurch gezeigt?", fragte Rae. Eine Kellnerin brachte zwei Gläser mit Wasser, und Rae schüttete ihres gleich in sich hinein.

„Was kann ich Ihnen bringen?", fragte die Kellnerin.

„Kaffee", antwortete Aiden.

„Für mich auch", sagte Rae. Sie wollte nur, dass die Kellnerin wieder ging.

„Sofort." Die Kellnerin zuckelte los, wobei ihre pinkfarbenen Turnschuhe auf dem Linoleum quietschten.

„Weiter", forderte Rae und hielt sich an der Tischkante fest ...

/ **verhungere** / wird niemand sehen / *muss* / liebe diesen Song /

... um sich nicht über den Tisch zu lehnen und Aiden

durchzuschütteln. „Du wolltest gerade die Sache mit der Intuition erklären."

„Der Wissenschaftler, der die Gruppe geleitet hat, hat erst einmal ein paar Tests durchgeführt. Ein paar grundlegende Versuche", sagte Aiden. „Er hat die potenziellen Mitglieder vorhersagen lassen, welche Karte als nächste oben auf dem Stapel liegen wird. Dann hat er Zweiergruppen gebildet und eine Person ein Bild malen lassen, während die andere raten musste, was dort entstand."

„Aha", sagte Rae, die keine Sekunde vergeuden wollte. „Und meine Ma war gut in diesen Dingen?"

„Überdurchschnittlich gut. Wie alle, die in die Gruppe aufgenommen wurden", antwortete Aiden. Die Kellnerin kam angequietscht und brachte den Kaffee. Dann quietschte sie wieder davon.

„Und die Sache mit der Intensivierung? Was soll das genau bedeuten? Und was hat der Wissenschaftler mit ihnen angestellt?", fragte Rae.

Aiden riss ein Tütchen Zucker auf und kippte es in seinen Kaffee. Dann riss er noch eins auf. Und noch eins. *Bekommt er überhaupt mit, was er da tut?*, überlegte Rae, als er fünf Tütchen in seine Tasse gekippt hatte. Sie beugte sich über den Tisch und packte ihn am Handgelenk. „Das reicht. Red weiter."

„Es gab verschiedene Methoden." Aiden nahm einen ausgiebigen Schluck von seinem Kaffee. Dann verzog er das

Gesicht, als wenn ihn der Geschmack überraschte. „Verschiedene Drogen, Elektro-Stimulation, Röntgenstrahlen. Ich wurde damals nicht über alles unterrichtet. Ich hatte gerade das College hinter mir und ..."

„Deine Lebensgeschichte interessiert mich nicht", fauchte Rae. Ihre Gedanken hatten sich an den Ausdruck „Elektro-Stimulation" geheftet. Hatte ihre Mutter Elektroschocks bekommen? War sie gefesselt worden und ...

„Die Ergebnisse bei einigen Gruppenmitgliedern, auch bei deiner Mutter, waren verblüffend. Die parapsychologischen Fähigkeiten, die einige von ihnen entwickelten, waren enorm. Die Gruppe wurde geschlossen, um alle Ergebnisse genau auszuwerten. Es gab die Befürchtung ..."

Aiden kippte noch ein Tütchen Zucker in seinen Kaffee. „Es gab die Befürchtung, dass einige Gruppenmitglieder Fähigkeiten entwickelt hatten, die zu weit gingen, um sie unter Kontrolle zu halten. Verstehst du: Wenn diese Fähigkeiten verantwortungslos oder zum persönlichen Vorteil eingesetzt werden würden, hätte dies eine Bedrohung für die Bevölkerung darstellen können. In manchen Fällen vergleichbar mit der nuklearer Waffen."

Aiden zögerte. Rae bemerkte, dass er dunkle Ringe unter den Augen hatte. Er sah erschöpft aus. Aber sie kümmerte sich nicht darum. „Erzähl weiter", befahl sie.

„Der Wissenschaftler, der die Gruppe geleitet hatte, verschwand. Es gab Spekulationen, dass er schreckliche

Schuldgefühle gehabt hätte, weil er die Technik zur Erweiterung dieser Fähigkeiten entwickelt hatte. Besonders, als die Morde begannen."

„Die Morde?" Raes Kaffeetasse klapperte gegen ihre Untertasse, als sie sie anhob. Am Ende tat sie nur so, als nähme sie einen Schluck. Ihre Hände zitterten zu sehr, als dass sie hätte sicher sein können, den Kaffee heil in ihren Mund zu befördern.

„Die Morde an Mitgliedern der Gruppe. Die Leiter des Programms glaubten, dass der Wissenschaftler dahinter steckte. Dass er jede mögliche Gefahr beseitigen wollte, die ..."

„Indem er tötete", warf Rae ein.

„Ja", sagte Aiden und sah ihr in die Augen.

„Wer sind diese Leiter?", fragte Rae. „Ich will sie kennen lernen."

„Nein", sagte Aiden, und seine Stimme klang entschieden. „Das geht nicht. Du musst die Finger von dieser Sache lassen, Rae. Sonst werde ich dich nicht mehr schützen können."

„Eine Frage musst du mir noch beantworten", sagte Rae.

„Nein. Ich habe schon zu viel gesagt. Alles, was du hörst, bringt dich noch mehr in Gefahr." Aiden stand auf.

„Diese Krankheit, an der meine Mutter gestorben ist ... diese Auszehrung. Ich habe Angst, dass ich sie auch haben könnte", platzte Rae heraus. „Vielleicht haben sich die Versuche an ihr genetisch ausgewirkt."

Aiden ließ sich wieder auf seinen Platz sinken. Er beugte sich vor, schien ihre beiden Hände ergreifen zu wollen. Aber dann fasste er stattdessen mit beiden Händen seine Kaffeetasse. „Nein, Rae, davor brauchst du keine Angst zu haben. Glaub mir."

„Warum sollte ich das tun?", fragte sie und hasste sich dafür, dass ihre Stimme zu zittern begonnen hatte.

„Weil deine Mutter nicht an einer Krankheit gestorben ist. Steve Mercer ..." Er unterbrach sich plötzlich.

Diesen Namen hat er nicht nennen wollen, durchzuckte es Rae. „Steve Mercer? Wer ist Steve Mercer?", hakte sie nach.

Aiden seufzte. „Das ist der Mann, der sie umgebracht hat", antwortete Aiden. Er schob den Serviettenhalter näher an sie heran, wobei er die Rückseite seiner Hand benutzte. Sie schob ihn beiseite. Sie hatte das Gefühl, einen Basketball an den Kopf bekommen zu haben. Vor ihren Augen explodierten kleine weiße Leuchtpunkte.

„Steve Mercer? Steve Mercer?" Sie musste diesen Namen immer wieder aussprechen.

„Der Wissenschaftler", erklärte Aiden. „Die Leiter des Programms glauben, dass er in ihr Zimmer im Krankenhaus eingedrungen ist und ihr ein Mittel gespritzt hat, das ihren Körper sich selbst vernichten ließ. Aber es war Mord, Rae. Du kannst nichts geerbt haben."

„Nur dass jemand mehr als einmal versucht hat, mich umzubringen", sagte Rae. Sie drückte die Tischkante, bis ihr die Finger wehtaten. „Er war es, nicht wahr? Es war Steve Mercer."

„Das ist gut möglich", gab Aiden zu. Seine Augen irrten durch das Restaurant, und Rae bemerkte, dass sich auf seiner Oberlippe Schweißtröpfchen bildeten. Sie schob ihm den Serviettenhalter wieder zu.

„Und die *Leiter*? Sitzen die einfach nur herum und tun nichts?" Rae schüttelte den Kopf, und vor ihren Augen explodierten weitere Farbkleckse.

„Sie werden ihn finden, Rae. Sie werden ihn fertig machen. Das verspreche ich dir." Aiden wischte sich mit den Fingern den Schweiß von der Lippe. Im selben Moment tauchten die Tröpfchen wieder auf.

„Du versprichst es. Du gibst viel zu viele Versprechen", knurrte Rae. „Ich will selbst mit ihnen reden. Du musst mich zu ihnen bringen."

„Die Leiter haben mehr Macht als die meisten Leute in diesem Land", sagte Aiden, und seine Stimme klang kalt. Und hart. Er beugte sich ihr über den Tisch entgegen und sah ihr in die Augen. „Sie sind die Regierung, verstanden? Und jetzt hör mir genau zu, Rae: Wenn du ihnen irgendwie in die Quere kommst, werden sie keinen Moment zögern, dich höchstpersönlich umzubringen."

KAPITEL NEUN

„Ein Nobelrestaurant scheint das hier aber nicht zu sein", meinte Anthony, als Yana vor dem Nacoochee Grill-Restaurant vorfuhr. Es sah mehr wie ein Wohnhaus als nach einem Restaurant aus. Ein großes weißes Haus mit einem Blechdach und einer großen Eingangstür.

„Klar. Du bist ja Fachmann für Abendessen in Nobelrestaurants, nicht wahr?", fauchte Yana und parkte. „Alle Welt weiß, dass das hier eine der ersten Adressen ist. Raes Daddy will für sein kleines Mädchen zum Geburtstag doch nur das Beste."

Yana hat heute Morgen wohl wieder ihren Giftspritzen-Saft getrunken, dachte Anthony. Normalerweise war es lustig, wenn sie so sarkastisch wurde. Heute aber nicht. Er löste seinen Sicherheitsgurt und öffnete die Autotür. Bevor er aussteigen konnte, hielt Yana ihn am Arm fest.

„Wir sind zu früh dran. Wir sollen erst zum Dessert an den Tisch kommen."

„Stimmt." Anthony schlug die Tür wieder zu. Yana ließ seinen Arm aber nicht los.

„Tut mir Leid, wenn ich heute Abend eine Spielverderberin bin." Sie schüttelte ihr weißblondes Haar, betrachtete sich im Schminkspiegel der Sichtblende und seufzte. „Ich bin einfach nervös, weil ich Rae wiedersehen werde."

„Ich irgendwie auch", gab Anthony zu.

„Du hattest aber keinen großen Krach mit ihr", sagte Yana.

Stimmt. Aber ich habe sie geküsst, dachte Anthony. *Und ich glaube, seitdem habe ich ihr noch nicht mal mehr richtig in die Augen gesehen.* Geküsst. Was für ein dummes kleines Wort. Was er und Rae getan hatten ... dafür müsste es ein ganz anderes Wort geben. Etwas Erhabeneres. Und jetzt, überlegte er, während er einen Blick auf die Uhr am Armaturenbrett warf, würde er in weniger als einer halben Stunde neben ihr sitzen, vielleicht nah genug, um den Grapefruitduft zu riechen, der sie immer umgab, und ...

Nein. Es wird so sein, dass du neben Yana sitzt, korrigierte sich Anthony. *Und du wirst Rae zeigen, dass du mit Yana zusammen bist und dass ihr alle drei schön miteinander spielen und euch vertragen könnt. Dann wird Rae ganz schnell mit Marcus oder zumindest einem Typen wie Marcus ankommen, einem, der schlau ist und zu ihr passt und alles. Und dann werdet ihr alle vier für immer die besten Freunde sein.*

Der Gedanke, mit Rae und einem anderen Typen zusammen sein und ihnen zusehen zu müssen – Anthony schüttelte den Kopf, um das Bild aus seinem Hirn zu schleudern.

„Ist was?", fragte Yana.

Anthony ließ seine Knöchel knacken. Und gleich darauf noch einmal.

„Es wird schon laufen", beruhigte ihn Yana und ließ ihre Finger durch sein Haar gleiten. „Sie wird sich freuen, uns zu sehen. Und wir werden Spaß miteinander haben. Wir werden Rae einen Geburtstag bereiten, den sie niemals vergessen wird."

Rae nahm einen weiteren Bissen von dem gegrillten Gemüse. Sie wusste, dass sie dieses Gericht liebte. Sie bestellte es immer, wenn sie im Nacoochee waren, weil hier alles über großen Feuern gegrillt wurde und das Gemüse auf diese Art unheimlich lecker schmeckte. Aber heute Abend hätte sie genauso gut Hundekuchen essen können. Jede einzelne Gehirnzelle – auch die, die normalerweise die Informationen der Geschmacksnerven übertrugen – war auf Aiden konzentriert und auf das, was er ihr erzählt hatte.

Ich muss Steve Mercer finden, schoss es ihr durch den Kopf, wahrscheinlich zum billionsten Mal. *Wenn nicht, wird er mich umbringen. Denn die Leiter, zu welchem Teil der Regierung sie auch gehören mögen, sind vielleicht zu unbeweglich, um mich schützen zu können. Falls sie das überhaupt wollen. Meine Mutter haben sie jedenfalls nicht beschützt. Und Mandys Mutter auch nicht. Und vielleicht auch all die anderen nicht, die ich nicht gefunden habe.* Rae schauderte, als sie sich all diese Leute auf einem Haufen vorstellte – ein Haufen Leichen.

„Ist dir kalt?'", fragte ihr Vater.

„Nein. Nur ..." Rae zuckte die Schultern. „Ein komisches Muskelzucken." Sie zwang sich, ihn anzulächeln. Es war so offensichtlich, dass er aus diesem Geburtstag etwas ganz Besonderes machen wollte. Und das wollte Rae ihm auch gönnen. Die Illusion eines wunderschönen sechzehnten Geburtstags, die Illusion einer normalen, glücklichen Tochter.

„Sechzehn Jahre. Es ist kaum zu glauben, dass du sechzehn bist", sagte ihr Vater, und seine Augen waren vor Rührung feucht.

Rae fühlte, dass ihre Augen sich auch mit Tränen füllten. *Wenn es nach Steve Mercer gegangen wäre, wäre ich jetzt schon tot,* dachte sie. *Mein Vater wäre ganz allein. Weil seine gesamte Familie umgebracht worden ist.*

Aber wenn ich einen Weg finden kann, um Steve Mercer das Handwerk zu legen, wird alles wieder okay sein, erinnerte sich Rae. Sie blinzelte einige Male heftig, um die Tränen aus ihren Augen zu vertreiben. *Es gibt keine Krankheit, die in mir voranschreitet. Wenn es mir gelingt, einen Plan zu entwickeln, der funktioniert, muss ich bei meinem nächsten Geburtstag nicht nur so tun, als wäre ich glücklich. Ich werde leben. Und niemand wird mich verfolgen.*

Ich werde leben! Dieser Gedanke war wie Champagner trinken. Was sie bei Hochzeiten ein paar Mal getan hatte. Sie wurde davon innerlich ganz beschwipst.

Sie lächelte ihren Vater an. „Bin ich denn so geworden, wie du es dir vorgestellt hast? Ich meine, als ich klein war, hast du dir da manchmal ausgemalt, wie ich wohl werden würde?", fragte Rae.

„Eigentlich nicht. Ich habe mir nie vorgestellt, wie du irgendwann mal sein würdest." Ihr Vater nahm das letzte Stück Maisbrot und hielt es ihr hin. Sie schüttelte den Kopf, und er begann sich Butter darauf zu streichen. „Ich habe mich immer mehr dafür interessiert, wie du gerade im Augenblick warst."

Rae spießte das letzte Stück Gemüse von ihrem Teller auf. Sie war froh, dass sie die Portion geschafft hatte. *Wenn du beim Nachtisch das Gefühl hast, dass du gleich würgen musst, dann denk an die gute Nachricht von Aiden. Du hast keine Krankheit. Du hast keine Krankheit!*

„Zum Beispiel, als ich dir Fahrrad fahren beigebracht habe", fuhr ihr Vater fort. Er machte eine Pause und nahm einen Bissen von seinem Brot.

„Schon wieder die Geschichte mit dem Fahrrad?", klagte Rae. Aber eigentlich war sie froh, dass er davon anfing. Vielleicht würde es sie ja beruhigen, wenn sie die Geschichte noch mal hörte.

„Eine meiner Lieblingsgeschichten", antwortete er. „Du bist an diesem Tag ich weiß nicht wie oft heruntergefallen. Deine Knie waren vollkommen aufgeschlagen. Und ich dachte schon ..."

„Dass ich den Rest meines Lebens Dreirad fahren müsste", warf Rae ein.

„Danach sah es jedenfalls aus", antwortete ihr Vater. Er beugte sich über den Tisch und strich ihr eine Strähne ihres langen, glänzenden Haares aus dem Gesicht. „Aber du wolltest immer wieder aufsteigen. Du warst wild entschlossen. Ich hatte Angst, dass du jeden Fetzen Haut verloren haben würdest, bis du es gelernt hattest. Aber irgendwann bist du wieder auf das Rad gestiegen, ich habe dich angestoßen, und du bist gefahren. Du bist einfach gefahren! Daher wusste ich immer, auch wenn ich mir nicht oft überlegt habe, wie du wohl werden würdest, dass du wahrscheinlich so gut wie alles schaffen wirst, was du willst. Weil du immer an allem dranbleibst, egal, was kommt."

Rae hatte gehofft, dass es ihr den Rücken stärken würde, wenn sie die Geschichte noch mal hörte; dass sie dann in der Lage sei, es mit Steve Mercer und jedem anderen aufzunehmen. Aber stattdessen fühlte sie sich nur wehmütig und melancholisch. Wenn das ihr größtes Problem gewesen wäre – Fahrrad fahren. Und wenn ihr Vater ihr doch immer noch helfen könnte, sie anzustoßen und zu ermutigen.

„Kann ich das mitnehmen?", fragte eine Stimme hinter ihr.

Rae drehte ihren Kopf mit einer heftigen Bewegung um. Ihr Herz donnerte. Es war der Kellner. Natürlich war es nur der Kellner! Aber sie hatte ihn überhaupt nicht kommen gehört. Das war nicht gut. Sie musste mitbekommen, wenn sich jemand näherte. Sie musste es spüren, wenn sie aus der Entfernung beobachtet wurde. „Natürlich. Danke", antwortete sie, als ihr auffiel, dass der Kellner immer noch auf eine Antwort wartete.

„Meinen Teller können Sie auch mitnehmen", sagte Raes Vater. „Es war hervorragend."

„Ja, meins war auch sehr gut", fügte Rae schnell hinzu. Hielt sie durch? Sie warf ihrem Vater einen Blick zu. Bekam er mit, dass die meiste Zeit nur ihr Körper hier mit ihm im Restaurant saß, während sie mit dem Kopf woanders war, Pläne entwickelte und sich Wege ausdachte, wie sie Steve Mercer loswerden konnte? Offenbar nicht. So wie ihr Vater aussah, hatte er einen netten Abend.

„Jetzt ist es so weit", sagte er.

„Wie bitte?", fragte Rae. Aber bevor er antworten konnte, hatte sie es schon erraten, weil eine Gruppe Kellner „Happy Birthday" zu singen begonnen hatte. Und im nächsten Augenblick stimmten so gut wie alle übrigen Gäste ein.

Rae fühlte die Hitze des Errötens in ihren Wangen aufsteigen. Das passierte ihr immer, bei jedem Geburtstag. Wenn gesungen wurde, wurde sie rot. Am liebsten hätte sie sich eine Serviette vor das Gesicht gehalten. Aber weil sie nun mal sechzehn wurde und nicht vier, wandte sie sich den Kellnern zu, die mit einem riesigen Karamell-Schoko-Eisbecher mit Kerzen auf sie zu kamen und ihr schönstes gekünsteltes Lächeln für sie zauberten.

„Oh, mein Gott!", rief sie aus, als sie sah, wer hinter den Kellnern ging. Yana! Und Anthony ebenfalls. Reglos sah sie sie an. Was machten die beiden hier? Hatte ihr Dad sie etwa dazu gebracht? Himmel, was für eine Demütigung! Aber als die Panik langsam abflaute, fiel ihr auf, dass sie beide lächelten. Und zwar aufrichtig lächelten. Als wenn sie sich wirklich freuten, da zu sein.

Raes bis dahin gekünsteltes Lächeln verwandelte sich in ein strahlendes, herzliches Lächeln. Das Lächeln von Anthony und Yana wandelte sich in Grinsen.

Yana hat mir wohl tatsächlich verziehen, dachte Rae mit einem Schwall von Zuneigung. *Vielleicht hat Anthony sie dazu überredet.* Aber wen interessierte jetzt schon, auf welche Weise es geschehen war? Sie waren jedenfalls beide da! Und Raes zornige und bittere Gefühle, wenn sie an die beiden gedacht hatte, waren vergangen und hatten ein reines und fröhliches Geburtstags-Gefühl in ihr hinterlassen. Sie wandte sich an ihren Vater. „Das war deine Idee, nicht wahr?", fragte sie. Er nickte, ohne dabei sein Singen zu unterbrechen. „Danke." Sie beugte sich über den Tisch und küsste ihn auf die Wange. „Danke, danke, danke."

Einer der Kellner stellte den Monster-Eisbecher vor ihr auf den Tisch. Im selben Augenblick beugte sich Yana zu Rae und umarmte sie.

„Herzlichen Glückwunsch zum Geburtstag, Rae", sagte Anthony.

„Setzt euch, Leute, setzt euch", forderte Rae Anthony und Yana auf. „Ihr müsst uns helfen, dieses Riesenteil zu verdrücken."

„Das hatten wir auch vor", sagte Anthony. Er ließ sich auf einen der Stühle fallen, die ein Kellner gebracht hatte, und schnappte sich einen Löffel.

Raes Herz fühlte sich an, als hätte es sich in eine Seifenblasen-Maschine verwandelt. In ihr wirbelten lauter leichte, fröhliche Blasen herum. Und sie konnte gar nicht mehr aufhören zu grinsen. Selbst wenn sie ihre Mundwinkel mit den Fingern heruntergezogen hätte. Anthony und Yana waren gekommen!

„Vergiss nicht, dass du dir etwas wünschen musst", sagte Yana. Sie setzte sich neben Anthony, während Rae sich daranmachte, die Kerzen auszublasen.

Ein paar der fröhlichen Seifenblasen platzten, als Rae klar wurde, dass sie nur einen einzigen Wunsch hatte. *Ich wünsche mir, dass Steve Mercer stirbt,* dachte Rae. Sie atmete tief ein, so tief, dass ihre Lungen schmerzlich protestierten. Dann blies sie mit einem Hauch alle Kerzen aus. Ihr Vater, Anthony, Yana und die Kellner applaudierten.

„Du darfst aber niemandem sagen, was du dir gewünscht hast", erinnerte sie ihr Vater mit einem Augenzwinkern. „Sonst geht es nicht in Erfüllung."

Noch ein paar der fröhlichen Blasen zerplatzten. Das war nicht der einzige Grund, warum sie ihren Wunsch nicht verraten durfte. Denn für jeden, der ihn hören würde, würde es lebensgefährlich werden.

Rae schob den Eisbecher in die Mitte des Tisches. „Bedient euch, Leute", sagte sie und grub ihren Löffel in eine Ecke, in der die Karamellsoße besonders dick war. *Eine Stunde lang kannst du hier mit deinem Dad und deinen Freunden und deinem Lieblingsnachtisch sitzen und dir vorstellen, dass es nichts anderes auf der Welt gibt,* sagte sie sich. *Nichts und niemand anders.* Sie schob sich den Löffel in den Mund, genoss die warme, klebrige Süße der Soße. *Für diese eine Stunde an deinem Geburtstag kann dein Leben so schön sein.*

„Schmeckt es denn?", fragte Anthony und hielt seinen Löffel über den Eisbecher.

„Das ist das Beste, was du je gegessen hast", versprach Rae. Himmel, wie hatte sie ihn vermisst. Ihn und auch Yana.

Anthony schnipste eine Geburtstagskerze beiseite, dann grub er seinen Löffel in den Eisbecher. „Stimmt, es ist wirklich das Beste", murmelte er, nachdem er sich das Eis in den Mund geschoben hatte.

„Es sieht jedenfalls fantastisch aus", meinte Yana. Dann beugte sie sich zu Anthony, wischte mit ihrer Serviette ein wenig Karamell von seinem Kinn und drückte einen kleinen Kuss auf die gesäuberte Stelle.

Die sind ... die sind zusammen, durchschoss es Rae.

Die fröhlichen Blasen in ihrem Inneren zerplatzten – allesamt; und alle gleichzeitig. Sie hinterließen einen öligen Film, der Rae von innen überzog, ihr Hirn, ihr Herz und ihre Lungen, und es blieb ein widerlicher Geschmack in ihrem Hals. Ein toter Geschmack.

Ich kann nicht hier bleiben. Ich kann einfach nicht, dachte sie.

Rae brauchte beide Hände, um sich vom Tisch emporzustemmen. Ihre mit Wachs überzogenen Finger verhinderten, dass sie irgendwelche Gedanken empfing. „Ich komme gleich wieder", brachte sie hervor, obwohl sich ihre Zunge dick von ranzigem Öl anfühlte.

Während sie zur Toilette ging, schwappte das Öl in ihr auf und ab. Als Erstes durchwühlte sie ihre Tasche nach Pfefferminz. Sie musste diesen Todes-Geschmack loswerden. Schließlich fand sie zwei Kaugummis. Die warf sie sich in den Mund und kaute, so rasch sie konnte. Es half nichts.

„Rae, ich muss dich etwas fragen."

Rae wandte ihren Kopf mit einer heftigen Bewegung der Stimme zu. Öl schäumte in ihrem Mund zusammen, schwappte in ihr Herz.

Yana lehnte am ersten Waschbecken in der Reihe. „Ich möchte nur wissen, was für ein Gefühl es ist, wenn deine beste Freundin dich hintergeht", sagte sie. „Ich meine, ich erinnere mich durchaus, was es für ein Gefühl war, als du mich hintergangen hast. Aber wie fühlt es sich denn jetzt bei dir an?"

Yana fuhr an Anthonys Haus vorbei und parkte einen halben Block weiter. Er wusste, was das zu bedeuten hatte. Sie wollte mit ihm knutschen. Ganz genau. Da kamen auch schon ihre Hände. Sie wühlten sich in seine Haare und zogen sein Gesicht an ihres heran.

Anthonys Körper gehorchte wie unter Autopilot. Seine Lippen legten sich auf ihre. Aber es kam ihm vor, als wäre er betäubt worden. Er fühlte einen leichten Druck, wusste im Kopf, was geschah. Aber das war es auch schon.

Es lag an Raes Gesicht. Raes Gesicht in dem Augenblick, als ihr klar geworden war, dass er und Yana zusammen waren. Er bekam es einfach nicht aus dem Kopf. Sie war nicht nur überrascht gewesen. Es hatte ihr wehgetan. Anthony und Yana hatten sie verletzt.

Er überlegte, was er sich eigentlich dabei gedacht hatte, einfach mit Yana dort aufzukreuzen, ohne Rae vorher zu warnen. Während sie draußen vor dem Restaurant geparkt hatten, hatte er noch daran gedacht, wie schlimm es für ihn wäre, wenn er Rae mit einem anderen Jungen sähe. Aber er hatte nicht gedacht, dass es Rae ähnlich gehen würde. Weil das bedeutet hätte ...

Yana verpasste Anthonys Lippen einen kleinen Biss.

„Was ist denn?", protestierte er.

„Ich wollte nur sichergehen, dass du noch lebst", sagte sie.

Automatisch legte er seine Hand auf ihre Hüfte und intensivierte seinen Kuss.

Raes Bild schrumpfte. Aber es verschwand nicht.

KAPITEL  ZEHN

Ich wollte nur wissen, was für ein Gefühl es ist, wenn deine beste Freundin dich hintergeht.

„Ich habe noch eine Geburtstagsüberraschung für dich", sagte Raes Vater, als er die Haustür aufschloss.

Wenn du ihnen irgendwie in die Quere kommst, werden sie keinen Moment zögern, dich höchstpersönlich umzubringen ... Ich werde für dich mit ihr reden ... Drogen, Elektro-Stimulation, Röntgenstrahlen.

„Überraschung. Super", antwortete Rae und folgte ihm.

„Setz dich ins Wohnzimmer. Ich komme gleich wieder", sagte ihr Vater zu ihr.

Es gelang Rae, dieser einfachen Anweisung zu folgen. Dann merkte sie, dass ihr Vater immer noch an derselben Stelle stand und sie ansah.

Ich wollte nur wissen, was für ein Gefühl es ist, wenn deine beste Freundin dich hintergeht ... Steve Mercer? Steve Mercer? Ob Dad mitbekommt, dass ich durchdrehe? Überlegt er vielleicht gerade, ob er Mrs Abramson anrufen soll?

Ihr Vater blinzelte und schüttelte den Kopf. „Ich habe vor mich hingestarrt, nicht wahr?"

Halt dich von Orten fern, an denen du nichts zu suchen hast ...
Wovor hast du am meisten Angst? ... Tränen bei „Frostie, der
Schneemann".

„Ja", antwortete Rae und gab sich Mühe, das Gespräch mit ihrem Vater von den Stimmen in ihrem Kopf zu unterscheiden.

„Entschuldigung", sagte ihr Vater. „Ich habe nur so lange darauf gewartet, es dir geben zu können. Ich ..." Es schien, als sei sein Hals zu eng zum Sprechen geworden. Er räusperte sich. „Ich ... ich denke, ich sollte es einfach mal holen. Das wird wohl das Beste sein ..."

„Gut", brachte Rae heraus.

Ihr Vater wandte sich um und verließ das Zimmer, wobei er ihr noch mal einen Blick über die Schulter zuwarf.

So, ich muss jetzt gehen ... Ich werde dich nicht beschützen können ... Werde deine beste Freundin nicht beschützen können ... Warum redest du die ganze Zeit von meiner Mutter ... Asche zu Asche.

Rae drückte die Hände fest in ihrem Schoß zusammen. Ihr war klar, dass die Gedanken, die ihr durchs Hirn schnitten, nicht von Fingerabdrücken stammten. Aber sie fühlten sich genauso an. Außerirdisch. Unwillkommen.

Weil deine Mutter nicht an einer Krankheit gestorben ist ... Ich will nur wissen, was für ein Gefühl es ist, wenn deine beste Freundin dich hintergeht ... Vor welcher Art zu sterben hast du am meisten Angst?

„Hör auf", flüsterte Rae. Hör auf. Es war wie an jenem Tag im letzten Frühling in der Cafeteria. Sie drehte durch. Jeden Augenblick würde sie anfangen, sich die Seele aus dem Leib zu schreien und mit Sachen um sich zu werfen. Und dann käme sie wieder in ihr stilles Zimmer im Krankenhaus.

Amanda hat es erwischt ... Dich könnte es auch erwischen ... Halt dich von Orten fern, an denen du nichts zu suchen hast ... Wer sind diese Leiter ... Ich werde für dich mit ihr reden ... Ich habe Football. So, ich muss jetzt gehen.

„Aufhören, bitte. Bitte, bitte, aufhören. Nur bis ich allein bin", bat Rae, obwohl es niemanden gab, den sie hätte bitten können. Dies alles geschah nur in ihrem Inneren. Es war niemand zum Helfen da. Niemand, der ihr hätte helfen können.

Aber es war Mord, Rae ... Amanda hat es erwischt. Es könnte dich auch erwischen ... Ich werde für dich mit ihr reden ... Du musst für mich keine schöne Fassade aufsetzen ... Asche zu Asche. Mutter zu Asche.

Von Ferne, zwischen all den Stimmen in ihrem Kopf – der von Anthony, von Yana, von Aiden, von Marcus, von Mr Jesperson, von Mrs Abramson und ihrer eigenen – hörte Rae ihren Vater näher kommen. *Hört auf,* schrie sie den Stimmen in ihrem Kopf lautlos entgegen. Nur für ein paar Minuten musste sie wie ein ganz normales Mädchen wirken; ein normales Mädchen an seinem Geburtstag. Sie wollte ihrem Vater keine Neuauflage des Wahnsinns bieten. Auf gar keinen Fall.

Alles, was du weißt, bringt dich weiter in Gefahr ... Ich habe Football ... Deine Mutter ist an keiner Krankheit gestorben ... hintergangen ... Ich werde für dich mit ihr reden ... Jesse, er ist zusammengebrochen.

Raes Vater kam mit einem kleinen Päckchen zurück, das in rosa gepunktetes Papier gewickelt war, und setzte sich neben sie auf das Sofa. Er hielt das Geschenk vorsichtig mit beiden Händen fest, als bestünde es aus dem dünnsten Glas, das man sich vorstellen kann. „Dies ist nicht ...“ Er musste sich unterbrechen und sich nochmals räuspern. „Das ist nicht von mir. Es ist von deiner Mutter.“

Die Stimmen in Raes Kopf klangen jetzt hoch und schrill und stachen durch sie hindurch.

So, muss jetzt gehen ... Steve Mercer? Steve Mercer? ... Vor welcher Art zu sterben hast du am meisten Angst? ... Beste Freundin Mörder Football ... Wir werden verfolgt.

„Von Ma?“, fragte Rae. Sie zuckte zusammen, weil ihre Stimme so laut klang. *Du bist die Einzige, die diese Stimmen hören kann,* wies sie sich zurecht. *Du musst nicht versuchen, sie zu übertönen.*

„Sie hat es sogar selbst eingepackt. Im Krankenhaus“, antwortete ihr Vater. „Ich wollte ihr helfen, weil ...“ Seine Stimme versagte, und seine Augen schienen sich auf etwas zu konzentrieren, was gar nicht da war.

Eine Erinnerung, durchschoss es Rae.

Ihr Vater schüttelte den Kopf. „Aber sie wollte es selbst tun. Für dich."

Röntgenstrahlen ... So, muss jetzt gehen ... Drogen ... Was für ein Gefühl es ist, wenn Jesse zusammenbricht ... Was für ein Gefühl es ist, eine schöne Fassade zu wahren ... Elektro-Stimulation ... Asche, Asche, wir gehen alle zugrunde.

Wieder mal die heilige Ma, dachte Rae. *Für ihn ist und bleibt sie ein Engel. Dabei hat sie ihre beste Freundin umgebracht.* Rae öffnete den Mund, um dem verblendeten Hirn ihres Vaters diese Tatsache noch einmal klar zu machen. Aber sie brachte es nicht über sich. Sie konnte ihm nicht so weh tun. Nicht nach alldem, was er durchgemacht hatte. Mit ihrer Mutter. Und mit Rae selbst. Und außerdem ... konnte Rae irgendwie ihre übliche Bitterkeit zum Thema Mutter kaum aufbringen. Nicht nach alldem, was sie in der letzten Zeit erlebt hatte.

„Ich ... ich ..." Rae senkte ihren Blick auf den Teppich und konzentrierte sich auf einen kleinen Punkt, um sich besser in den Griff zu bekommen. „Ich würde es lieber in meinem Zimmer öffnen. Ist das okay?"

Frostie muss jetzt gehen ... Wirwerdenverfolgt ... Sie werden keinen Moment zögern, dich höchstpersönlich umzubringen ... Herzlichen Glückwunsch zum Geburtstag ... Herzlichen Glückwunsch, liebe Rae.

„Natürlich ist das okay." Ihr Vater legte das kleine

Päckchen in Raes wachsbedeckte Finger, sanft, zärtlich, fast zögernd. „Vielleicht hätte ich lieber bis morgen warten sollen, um es dir zu geben. Um dir deinen Geburtstag nicht zu verderben. Aber es hat deiner Mutter so viel bedeutet ..."

Mutter ist nicht an Football gestorben ... ShhhUMBRINGENhhh ... Jesse hat es erwischt ... Frostie hat es erwischt ... Amanda hat es erwischt ... deine Mutter hat es erwischt.

Rae stellte sich mühsam auf die Füße. „Du hast überhaupt nichts verdorben", sagte sie und versuchte so zu tun, als seien die Stimmen nur ein Ohrwurm aus dem Radio, etwas, das sie überhaupt nichts anging. Und so zu tun, als wenn sie nicht jedes Mal losschreien könnte, wenn ihr Vater wieder einmal versuchte, ihre Mutter als Heilige darzustellen.

ShhhUMBRINGENhhh ... ShhhUMBRINGENhhh ... ShhhUMBRINGENhhh ... ShhhUMBRINGENhhh...

„Es war ein wunderschöner Geburtstag", sagte sie und sprach jedes Wort langsam und sorgfältig aus. Sie küsste ihn auf die kahle Stelle, die sich auf seinem Kopf bildete. „Bis morgen früh."

„Ich liebe dich", rief ihr Vater ihr hinterher, als sie aus dem Wohnzimmer ging, wobei sie ihre Füße langsam und sorgfältig setzte.

„Ich auch dich", antwortete Rae. Himmel, sie begann ja schon wie diese Stimmen zu reden! Die waren wohl ansteckend.

Ich will nur wissen, was für ein Gefühl es ist ... Ich will nur wissen, was für ein Gefühl es ist ... wenn dich deine beste Freundin in Gefahr bringt ... So, ich muss jetzt gehen.

Der eine Fuß, und der andere Fuß. Der eine Fuß, und der andere Fuß. Bedächtig und so konzentriert wie möglich bahnte Rae sich den Weg in ihr Zimmer und schloss die Tür hinter sich. Dann ging sie zum Bett. Sie versuchte gar nicht erst, ihre Kleider abzulegen. Viel zu viele Bewegungen. Zu anstrengend, mit den Stimmen klarzukommen. Mit den Stimmen, die jetzt durch lautes Heulen ihre Aufmerksamkeit forderten.

Hinter deinem Rücken ... So, muss jetzt gehen ... Herzlichen Glückwunsch zum Geburtstag, toter Steve Mercer ... Die Programmleiter brachen zusammen ... ShhhUMBRINGENhhh ... Das ist nicht von mir. Es ist von deiner Mutter.

Äußerst vorsichtig, als wenn sie ein alte Frau mit morschen Knochen sei, die jeden Augenblick brechen konnten, legte Rae sich auf ihr Bett. Sie schlug den Rand ihrer Steppdecke über sich und rollte einmal, zweimal herum, bis sie in einen engen Kokon gewickelt war. *Ich werde mich nicht mehr rühren, bis es vorüber ist,* beschloss sie. Über den Stimmen in ihrem Kopf konnte sie ihre eigenen Gedanken kaum wahrnehmen.

Drogen. Röntgenstrahlen ... Vor welcher Art zu sterben hast du am meisten Angst? Wer? Wer? Wer?

Rae schloss die Augen. Sie atmete, so flach sie konnte.

„Bleib ganz ruhig liegen", flüsterte sie und bewegte kaum merklich die Lippen. „Das ist alles, was du tun kannst."

Ich bin tatsächlich eingeschlafen, durchschoss es Rae. Sie öffnete vorsichtig die Augen. Sie hielt sich so unbeweglich und still, dass ihre Muskeln schmerzten. Aber sie musste erst sichergehen. Rae ließ einen langen, zittrigen Seufzer entweichen. Die Stimmen ... sie waren nicht mehr da. Für den Moment jedenfalls. Wenigstens für den Moment.
Rae wollte sich aufsetzen. Dabei merkte sie, dass sie noch in ihre Decke gewickelt war, die Arme fest an den Körper gelegt. Sie drehte sich zweimal herum, rollte zurück zur Bettkante, und die Decke löste sich von ihr. Das Erste, worauf ihre Augen fielen, war das rosa gepunktete Päckchen.
Rae sah zu ihrem Radiowecker. Noch nicht mal halb elf. Immer noch ihr Geburtstag. Jetzt war es Zeit, das Geschenk zu öffnen. Sie war sich nicht sicher, ob sie das eigentlich wollte oder nicht. Aber sie hatte das Gefühl, dass sie es tun sollte. Es war Schicksal oder was auch immer.
Sie setzte sich in den Schneidersitz und rieb die Fingerspitzen aneinander, bis das Wachs abgerubbelt war. Wenn sie schon angefangen hatte, dann konnte sie die Sache auch zu Ende bringen. Bevor sie es sich anders überlegen konnte, nahm Rae das Päckchen und drehte es in ihren Händen.
/ *wird Rae gefallen* / *wünschte, ich könnte dabei sein* /

manchmal an mich denkt / sollte ich warten / weiß, wie sehr ich sie liebe / wünschte, sie könnte es weitergeben / niemals wissen /

Rae fühlte eine warme Blüte der Liebe in ihrem Inneren wachsen. Sie wuchs und wuchs, bis sie sie völlig umschlungen hatte. Eine rückhaltlose du-bist-mein-Kind-und-ichwerde-dich-immer-lieben-Elternliebe. Von ihrem Vater und von ihrer Mutter. Aber besonders von ihrer Mutter. Da waren zwar auch kleine Triebe von Angst und Unsicherheit, aber die Liebe überwog alle anderen Gefühle.

Vergiss nicht: Diese großartige Mutterliebe stammt von einer Frau, die ihre beste Freundin umgebracht hat, erinnerte sich Rae. Aber wer konnte wissen, wie sehr Steve Mercer und seine Experimente ihre Mutter verändert hatten? Eine Spur des Zorns, der immer in ihr aufstieg, wenn sie daran dachte, was ihre Mutter getan hatte, verrauchte.

Rae zog den Klebstreifen ab und wickelte das Päckchen aus. Sie öffnete die Schachtel und erhielt einen weiteren Schwall aus Gefühlen und Gedanken. Vor allem aber wieder aus Liebe. Allerdings immer noch von Angst-Partikeln durchsetzt. Ihr Blick fiel auf ein zusammengefaltetes rosa Papier, das sie mit den Fingerspitzen entfernte. Sie brauchte eine Pause, nach der Gefühlswoge, die sie von den Fingerabdrücken ihrer Mutter erhalten hatte. Dann faltete sie das Papier auf, wobei es ihr gelang, eine neue Welle zu vermeiden.

Ein Brief. Es war ein Brief von ihrer Mutter. Rae schloss die Augen. Sie wagte nicht ihn anzusehen. Was würde darin stehen? Welche Schmerzen würde es verursachen, ihn zu lesen?

Du kannst ihn nicht ignorieren, sagte sich Rae. Sie zwang sich, die Augen wieder zu öffnen. Dann begann sie zu lesen.

Geliebte Rachel!

In dieser Schachtel befindet sich ein Medaillon, das ich an meinem sechzehnten Geburtstag geschenkt bekommen habe. Meine Mutter hatte es ebenfalls an ihrem sechzehnten Geburtstag bekommen. Und so weiter und so weiter. Deine Ur-Ur-Ur-Urgroßmutter war die Erste, der es gehört hat – falls du dir das vorstellen kannst. Ich kann mich erinnern, dass es mir damals schwer fiel, mir diese vielen Urs vorzustellen.

Ich kann dir gar nicht sagen, wie sehr ich mir wünschte, an deinem sechzehnten Geburtstag bei dir zu sein. Nicht nur, um dir das Medaillon zu schenken – obwohl es so schön gewesen wäre, diese Tradition fortzusetzen –, sondern weil du jetzt in einem Alter bist, in dem es Dinge gibt, bei denen du mich wahrscheinlich brauchst. Dein Vater ist ein wunderbarer Mann, und ich weiß, dass er auch ein wunderbarer Vater für dich ist. Es ist einfach nicht möglich, dass er das nicht wäre. Aber ich bin sicher, du veränderst dich im Moment sehr schnell, und einige dieser Veränderungen sind vielleicht Dinge, über die du lieber mit einer

Frau sprechen möchtest. Mit einer Mutter. Mit deiner Mutter. Es bricht mir das Herz zu wissen, dass ich nicht für dich da sein kann. Aber mir bleibt nicht mehr viel Zeit. In ein paar Tagen werde ich vermutlich schon nicht mehr stark genug sein, um überhaupt schreiben zu können.

Genug. Das ist nicht das, was ich dir sagen wollte. Wenn ich wüsste, dass ich es besser machen könnte, würde ich alles zerreißen und von vorn beginnen.

Es gibt ein paar Sachen, die du von mir geerbt hast, Rachel. Mein Kinn, glaube ich. Meine Hände. Aber es könnten auch noch andere Dinge sein, Dinge, die niemand feststellen konnte, solange du ein kleines Mädchen warst. Mit manchen dieser Dinge wirst du allein sicher nicht so leicht fertig werden. Es werden Dinge sein, die dir Angst machen.

Rachel, wenn ich es irgendwie kann, werde ich auf dich aufpassen – wo immer ich mich dann befinden werde; vielleicht mit einer Harfe auf einer Wolke, oder in ein paar Energieteilchen, die dich umschwirren. Ich will bei dir sein, wenn du mich brauchst. Ich will dich beschützen. Und wenn ich das nicht kann ... wenn ich das nicht kann, vertraue ich darauf, dass du stark genug sein wirst, um auf dich selbst aufzupassen.

Mein Stift wird schwerer und schwerer, und obwohl ich dir gerne noch viel mehr Seiten schreiben würde – ich schaffe es nicht mehr.

Aber da ist noch eines, was ich dir sagen möchte: Ich bin sicher, dass du in der Zwischenzeit all die Gerüchte über mich erfahren haben wirst. Du wirst gehört haben, dass man mir den Mord an Erika Keaton anlastet, meiner besten Freundin. Sicher hat dein Vater es dir schon viele Male gesagt, aber ich möchte, dass du es von mir hörst: Ich schwöre dir, dass ich sie nicht umgebracht habe. Ich hätte Erika niemals etwas antun können. Niemals. Bitte, befürchte nach all dem, was du über mich gehört hast, niemals, dass du die Fähigkeit zu etwas so Grausamem in dir trägst. Ich wünschte, ich könnte dir alles erzählen. Ich wünschte, ich könnte dir genügend Beweise liefern, um auch den geringsten Zweifel zu zerstreuen. Aber es gibt Gründe ... Ich kann den Gedanken, dich und deinen Vater in Gefahr zu bringen, nicht ertragen. Glaube mir einfach. Ich weiß, dass das zu viel von dir verlangt ist – du wirst noch nicht mal die kleinste Erinnerung an mich haben – aber glaube mir, vertraue darauf, dass deine Mutter, auch wenn sie viele dumme Dinge getan hat, niemals die Mörderin sein kann, als die sie beschimpft wurde. Ich konnte mich nicht verteidigen, weil ...

Ich muss jetzt Schluss machen, meine Rachel. Ich wünsche dir den glücklichsten aller Geburtstage, mein Liebling. Ich liebe dich, jetzt in diesem Moment. Und ich werde dich immer lieben.

Küsse und alles Liebe

Ma

Rae ließ den Brief aus ihren Fingern gleiten. Sie konnte ihn einfach nicht mehr festhalten. Nicht bei den Schluchzern, die ihren Körper schüttelten. „O Gott, Ma", stammelte sie.

„Bist du irgendwo und bekommst alles mit? Wenn ja – ich könnte wirklich … wirklich Hilfe gebrauchen."

Sie lauschte auf eine Antwort, versuchte etwas zu spüren, und wenn es der winzigste Hauch einer Antwort gewesen wäre. Aber nichts. Rae war ganz allein. Ohne ihre Mutter. Ohne Anthony. Ohne Yana.

Rae weinte, bis sie sich innerlich leer fühlte; innerlich leer und irgendwie merkwürdig ruhig. Distanziert. Als ob sie eine zweite Rae wäre, die die andere Rae, die sich auf dem Bett zu einer durchweichten Kugel zusammengerollt hatte, beobachtete. Sie musste logisch vorgehen, klar denken. Sie musste hinter den Sinn des Ganzen kommen.

Zuerst einmal muss ich herausfinden, ob Ma die Wahrheit gesagt hat, erklärte Rae ihrem durchweichten Selbst. Sie setzte sich auf, nahm den Brief und befühlte ihn sorgfältig.

/ Erika niemals etwas antun / Rachel wohl auch hat / weiß nicht / Schmerzen / ich werde nicht / schwer, so schwer / Rachel / Rachel /

Ein Sprudel der Begeisterung brach in Rae aus. Die Gedanken ihrer Mutter enthielten keinen Hinweis darauf, dass sie log. Wenn sie Erika umgebracht hätte, hätte ihrer Mutter beim Berühren des Papiers ein Gedanke an den Mord durch den Kopf gehen müssen. Ihre Mutter hätte nicht über ihre Unschuld schreiben können, ohne dass sich in ihren Gedanken ein winziger Hinweis auf eine Lüge befunden hätte – wenn sie wirklich schuldig war.

„Ich bin also nicht die Tochter einer Mörderin", sagte Rae laut. Es war seltsam, diese Worte zu hören. So viele Jahre lang war Rae die Tatsache, dass ihre Mutter jemanden umgebracht hatte, als ihre hervorstechendste Eigenschaft erschienen. Das, was sie verbergen musste, damit sich die Leute nicht von ihr abwandten.

Warte mal, befahl sie sich. *Warte mal. Ma hat vielleicht nur geglaubt, dass sie unschuldig war. Aber das heißt ja noch nicht, dass sie es wirklich war. Die Experimente und die Krankheit – vielleicht hat eins von beiden ihr Hirn so weit angegriffen, dass sie die Realität nicht mehr von ihren Vorstellungen unterscheiden konnte.*

Aber mit Dad waren keine Experimente durchgeführt worden. Dad war nicht krank. Und Rae hatte nie den Hauch eines Zweifels in irgendeinem seiner Gedanken an ihre Mutter entdecken können. *Er hat sie so unheimlich geliebt,* dachte Rae. *Vielleicht ist er einfach verblendet und will der Wahrheit nicht ins Auge sehen.* Jedenfalls hatte Rae das bis jetzt immer gedacht.

Andererseits ... Gab es nicht genauso viele Gründe zu der Annahme, dass ihr Vater und ihre Mutter die Wahrheit sagten? Die Vorstellung, dass ihre Mutter zu Unrecht des Mordes angeklagt worden war, kam ihr plötzlich nicht mehr so wirklichkeitsfremd vor wie bisher. Die letzten Monate hatten Rae bewiesen, dass vieles, was lächerlich oder unmöglich erschien, letztlich doch wahr und Wirklichkeit war. Und vor allem wusste sie, was es bedeutete, Angst davor haben zu müssen, dass die Menschen, die einem nahe standen, die ganze Wahrheit erfuhren – weil man befürchten musste, dass sie dann ebenfalls in Gefahr gerieten.

Rae nahm das Medaillon aus der Schachtel, wobei ihre Augen von dem Schwall der Gefühle ihrer Mutter zu brennen begannen, und drückte auf den kleinen Mechanismus, mit dem man es öffnete. Im Inneren befand sich ein Bild ihrer Mutter. Mit einer absolut schrecklichen Helm-Frisur, die oben und an den Seiten abstand und mit Haarspray betoniert war. Die restlichen Haare fielen auf ihre Schultern herab.

Rae lachte unterdrückt. „Du hast trotzdem gut ausgesehen, Ma", sagte sie. Ihre Augen wanderten zu dem Bild auf der anderen Seite des Medaillons. Sie hatte angenommen, dass sich dort ein Foto ihres Vaters befinden würde. Stattdessen war es ein Babyfoto von Rae. Raes Herz sprang so heftig in die Höhe, dass sie Angst hatte, es könne aus ihrem Körper herausspringen.

„Vielleicht mache ich mir ja nur jetzt genau solche Illusionen wie Dad, aber ich glaube dir", flüsterte sie, und Tränen stiegen ihr in die Augen. „Ich glaube dir einfach."

Ich werde es nie mehr ablegen, dachte Rae, als sie sich das Medaillon um den Hals band. *Ich werde es tragen, wenn ich Steve Mercer fertig mache. Weil wir beide Rache verdient haben. Meine Ma und ich.*

Rae stand auf und ging zu ihrer Kommode. Sie wollte sich mit dem Medaillon betrachten. Aber ein Lichtstrahl lenkte sie ab. Scheinwerfer. Scheinwerfer eines Autos, das in ihre Einfahrt bog.

„Bist du das, Mercer?", knurrte Rae. „Heute Abend kommst du mir gerade recht." Sie machte einen Schritt zur Tür, dann erstarrte sie. Was dachte sie sich eigentlich? Sie war doch kein Terminator. Sie war nur ein Mädchen. Ein Mädchen, das Gedanken von Fingerabdrücken lesen konnte. Sie wollte einfach losmarschieren und einen ausgewachsenen Mann fertig machen? Einen Mann, der sehr wahrscheinlich eine Waffe trug? *Wo ich doch letztes Jahr in Sport fast durchgefallen bin!*, erinnerte sie sich.

Doch, sie würde es mit Steve Mercer aufnehmen! Und sie würde es auch allein mit ihm aufnehmen! Aber sie musste es schlau anstellen. Sie musste sich einen Plan zurechtlegen. Heute Abend war es noch nicht so weit – so sehr sie sich auch wünschte, dass Steve Mercer aus ihrem Leben verschwand.

Ich werde einfach die Polizei anrufen und ihr sagen, dass ein verdächtiges Auto vor unserem Haus steht, beschloss Rae. *Ich werde nicht mal eine Zehe vor die Tür setzen.* Sie schlich zu ihrem Fenster, um sicherzugehen, dass das Auto immer noch in der Einfahrt stand. Vielleicht wurde sie ja schon hysterisch, nur weil jemand kurz eingebogen war, um zu drehen.

Rae schob den Vorhang ein paar Zentimeter zur Seite. Da stand immer noch ein Auto in der Einfahrt. Es war Marcus' Auto.

Erleichterung durchflutete Rae und machte sie ganz schwindelig. *Dann werde ich mal nachsehen, was Mr Salkow will,* dachte sie. Sie war noch angezogen, sodass sie wenige Sekunden später draußen war. Marcus stieg aus seinem Range Rover und kam ihr über den Rasen entgegen.

„Ich wollte dir etwas geben – solange noch dein Ehrentag ist", sagte Marcus. „Herzlichen Glückwunsch zum Geburtstag." Er zog eine Kette aus seiner Jackentasche, diesmal allerdings ohne edle Schmuckschachtel, wie Rae bemerkte.

„Die ist ja wunderbar", sagte Rae und strich über das kleine Gänseblümchen aus Perlen, das sich als Anhänger an der langen, zarten Kette befand.

„Wirklich? Gefällt sie dir?", fragte Marcus mit seinem treusten Hundeblick.

„Ja, wirklich. Sie ist sehr hübsch." Rae drehte sich um. „Leg sie mir mal um." Sie spürte, wie Marcus sich hinter ihr bewegte, dann hörte sie ihn leise fluchen, als er mit dem Verschluss kämpfte. Schließlich glitt die kühle Kette um ihren Hals. Das Gänseblümchen rutschte an seinen Platz, ein kleines Stück über dem Medaillon.

Was für ein Abend, dachte Rae. Was ein furchtbarer, schöner, schrecklicher, trauriger und außergewöhnlicher Geburtstag.

Marcus berührte sie, als er gerade einen Schritt weg machen wollte. Ohne nachzudenken, ohne zu überlegen oder sich irgendwelche Gedanken zu machen, drehte Rae sich um, umarmte ihn und drückte ihre Wange an seine.

Marcus sagte kein Wort. Er schlang nur seine Arme um sie und drückte sie an sich. Rae war sich sicher, dass ihr nie mehr etwas zustoßen könnte, wenn sie einfach nur so stehen blieben. Ihr Körper würde sich nicht mehr in Lava verwandeln, wie er es tat, wenn sie in Anthonys Nähe war. Obwohl sie vor ein paar Tagen noch gedacht hatte, sie könnte sich mit weniger nicht mehr zufrieden geben.

Aber es war so ein gutes Gefühl, mit Marcus zu schmusen. Sie kam sich wieder ein bisschen wie in ihrem früheren Ich vor, bevor die Gabe über sie gekommen war, bevor sie Anthony und Yana getroffen hatte. Sie fühlte sich normal. Und das war ein schönes Gefühl.

Wenn ich will, kann es so bleiben, dachte Rae. *Ich kann Marcus aus all diesem Wahnsinn heraushalten. Er muss niemals etwas von Steve Mercer hören. Er muss niemals etwas über meine Mutter erfahren. Er muss niemals etwas von meiner Gabe wissen. Wir werden einfach zusammen sein – ganz normal. Rae und Marcus, Marcus und Rae. Wie früher. Wir werden zum Schulball gehen und wir werden ...*

„Bedeutet das ... ich hoffe, das bedeutet, dass wir wieder zusammen sind", flüsterte Marcus in ihr Haar.

„Ja", flüsterte Rae.

Yana konnte Anthony haben. Anthony sollte Yana haben.

Und Rae würde Normalität haben. Zwar keine Lava, aber viel Süßes.

Marcus machte einen halben Schritt zurück, so weit, dass er sie küssen konnte. *Mmmh, wie süß*, dachte Rae. *Herzlichen Glückwunsch, liebe Rae. Das ist genau das, was du gebraucht hast.*

Anthony legte sich ins Bett. Dann sprang er plötzlich wieder auf. Verdammt, er hatte vergessen, Rae das Geburtstagsgeschenk zu geben. Auch wenn es nichts Großartiges war, nur so eine alberne kleine Figur, auf deren Sockel stand: Die beste Lehrerin der Welt. Denn Rae war einfach die beste Lehrerin, die er jemals gehabt hatte. Wenn sie ihn nicht überredet hätte, sich von ihr helfen zu lassen, säße er jetzt immer noch in der Finkenklasse in seiner alten Schule. In der Ecke lag eine Trainingshose. Er zog sie an. Sie roch zwar nicht besonders gut, aber wen interessierte das schon? Er wollte ihr nur das Geschenk vor die Tür legen – mit einer ganz großen Aufschrift „von Anthony" darauf. Damit sie nicht dachte, dass es von diesem Wahnsinnigen stammte, der ihr die Asche und das bekrakelte Foto geschickt hatte.

Genau!, dachte er und zog ein T-Shirt an. Die Sache mit dem Geschenk vor der Haustür war eine gute Idee. Er hatte nicht das Gefühl, dass Rae ihn im Augenblick unbedingt sehen wollte. Ihr Gesichtsausdruck, als sie mitbekommen hatte, dass er und Yana ... als wenn man ihr das Herz durch die Nase herausgerissen hätte. Am liebsten wäre er vor ihr auf die Knie gefallen und hätte ihr gesagt, dass er wusste, was für ein unglaublicher Affenarsch er war, weil er ihr nicht gesagt hatte, was zwischen ihm und Yana lief. Aber bevor ihm wieder eingefallen war, wie man überhaupt den Mund öffnete, war Rae schon aufs Klo gelaufen. Und als sie wiederkam, war alles in Ordnung. Oder zumindest tat sie so, als sei alles in Ordnung. Und sie wollte, dass alle anderen auch so taten. Anthony ging davon aus, dass Yana ihr die Sache erklärt hatte. Mädchen waren in diesen Dingen sowieso einfach besser. Aber das hieß immer noch nicht, dass sie Anthony heute Abend zu Gesicht bekommen wollte. Und außerdem – vielleicht schlief sie ja schon.

Und außerdem bist du ein verdammter Feigling, dachte Anthony, als er seinen Schlüssel und das Geschenk von der Kommode nahm und aus dem Haus ging. Denn seit dem Augenblick, in dem er ihren Gesichtsausdruck gesehen hatte, hatte tief in ihm etwas genagt. Und es war nicht nur das schlechte Gewissen gewesen, weil er Rae verletzt hatte. Es war die Vorstellung, dass Rae vielleicht wirklich nicht mit Marcus zusammen sein wollte. Vielleicht wollte sie ...

Weiß der Teufel, was sie will, dachte er, als er ins Auto stieg, um zu Rae zu fahren. Er wusste nur, dass sein Gehirn im Moment nicht in der richtigen Verfassung war, um der Sache auf den Grund zu gehen und sich wirklich damit auseinander zu setzen, was ihm da im Magen lag. Darum musste es einfach warten.

Anthony drehte das Radio an, um sein Hirn eine Weile abzuschalten. Etwa sechs Songs später bog er in Raes Straße ein. Er fuhr zu ihrem Haus, begann schon abzubremsen. Aber dann sah er etwas, das ihn Gas geben und am Haus der Voights wie ein Pfeil vorbeischießen ließ.

Du hast es doch so gewollt, sagte er sich, als er wieder nach Hause fuhr. *Das ist genau das, was du verdammt noch mal gewollt hast.* Aber in diesem Moment war ihm von dem Bild, wie Marcus und Rae im Vorgarten standen und sich küssten, so schlecht, dass er kaum fahren konnte.

KAPITEL ELF

In dieser Schule gibt es überall Uhren, dachte Rae, als sie an einer vorbeikam, die in das Relief der fröhlichen Absolventen der Sanderson Highschool eingelassen war. Jedes Mal, wenn sie auf eine dieser Uhren sah, bekam ihr Magen einen weiteren Knoten, und ihre Nerven spannten sich etwas straffer. Sie hatte nur noch dreieinhalb Stunden vor sich, bis sie ihren Plan in die Tat umsetzen konnte.

Und vorher? Nichts allzu Stressiges. Nur Mittagessen in der Cafeteria. Mit Marcus. Als seine Freundin.

Stell dir vor, es wäre letztes Frühjahr. Ziemlich früh im letzten Frühjahr, vor dem Zusammenbruch, ermunterte sich Rae, als sie die Cafeteria betrat und sich in die Essensschlange stellte. *Tu so, als wäre es das Normalste überhaupt, zum Tisch zu gehen, dich zu setzen und Marcus einen Kuss zu geben.* Nun ja, vielleicht war normal das falsche Wort. Es war Rae nie normal vorgekommen, auch damals nicht. Es war ihr zauberhaft vorgekommen, als hätte sie eine Traumwelt betreten, in der sie beliebt und akzeptiert war. Und so weit, weit entfernt von dieser albernen Rachel-Gans, die sie vor dem Wechsel in die Sanderson Highschool gewesen war.

Rae bezahlte ihr Gemüsesandwich und ihren Eistee, nahm einen großen Schluck und bahnte sich ihren Weg durch die Cafeteria.

Marcus saß schon am Tisch und lächelte sie an, als ob es auf der ganzen Welt kein anderes Mädchen gegeben hätte, das er lieber auf sich zukommen gesehen hätte. Aber wie war es mit all den anderen? Raes Augen glitten von Marcus zum Rest der Gruppe. Jackie lächelte ihr aufmunternd zu, als wenn sie wüsste, dass dies für Rae ein schwieriger Moment war. Vince schaufelte sich sein Essen in den Mund und nahm das Minidrama überhaupt nicht wahr. Lea – Lea, die praktisch vom ersten Tag auf der Highschool an Raes beste Freundin gewesen war, versuchte ganz normal zu tun, schaffte es aber nicht so recht.

Vielleicht hat sie immer noch Angst vor mir, dachte Rae, als ihr der furchtbare Gedanke einfiel, den sie von Leas Fingerabdrücken zu Beginn des Jahres erhalten hatte. *Aber wenn es so ist, ist es ihr Problem.*

Rae ging zum Tisch, stellte ihr Tablett ab und setzte sich neben Marcus. Sie musste sich keine Gedanken darüber machen, ob sie ihn jetzt küssen sollte oder nicht, da er schon nach ihren Lippen suchte und ihr einen schnellen, flüchtigen Kuss gab.

„Mensch, ein bisschen Zunge sollte aber schon dabei sein", rief eine Jungenstimme.

Rae merkte, wie Marcus an ihren Lippen grinste und sich

dann von ihr löste. Das Erste, was sie sah, als sie ihre Augen öffnete, war Anthony Fascinelli. Er stand neben einem grinsenden Chris McHugh, der zweifellos derjenige gewesen war, der Marcus angefeuert hatte.

Rae konzentrierte sich allein auf Chris. Sie fühlte sich im Moment nicht in der Lage, Anthony ansehen und dabei ihre ich-bin-froh-und-glücklich-Fassade aufrecht erhalten zu können. „Chris, ich werde mir wohl ernsthaft Gedanken darüber machen müssen, wie wir für dich eine Freundin finden können", sagte Rae zu ihm.

Chris setzte sich mit einem Kopf wie eine riesige Tomate neben Lea. Wodurch nur noch ein Platz übrig blieb. Gegenüber von Rae. Den nahm Anthony ein. Rae griff nach dem Pfefferstreuer – sie trug Wachs auf ihren Fingern – und streute etwas Pfeffer auf ihr Sandwich.

Ich darf nicht vergessen, gleich nach der Schule das Wachs abzumachen, ermahnte sich Rae. Bei ihrem Plan spielte das Fingerabdruck-Lesen zwar keine Rolle, aber möglicherweise verlief die Sache ja doch nicht ganz so, wie sie es sich gedacht hatte. Sie wollte sich jeden Vorteil sichern, den sie haben konnte.

„Schön, dass ihr wieder zusammen seid", sagte Jackie zu Rae und Marcus.

Marcus legte seinen Arm um Raes Taille und drückte sie sanft an sich.

Rae rutschte näher an ihn heran, näher an seine Wärme.

Sie wollte so viel davon aufnehmen, wie sie nur konnte, bevor es schließlich Zeit für Steve Mercer wurde. Rae sah auf die Uhr. *Es dauert noch ein paar Stunden,* stellte sie fest. Aber ein paar Stunden waren eigentlich gar nichts. Am Ende dieses Tages würde sich ihr Leben komplett geändert haben.

„Yeah, Marcus und Rae – für immer und ewig. Ist das nicht toll?", fügte Lea hinzu. Aber es klang, als wären ihre Stimmbänder aus kaltem Metall, anstatt aus warmem Fleisch.

Sie freut sich nicht, durchschoss es Rae. *Sie freut sich ganz und gar nicht.*

Rae sah Lea an, und es war fast, als sähe sie eine Fremde. *Solange man ein kleines Mädchen ist, denkt man, dass diese Sache mit der besten Freundin wirklich etwas zu bedeuten hätte. Es kommt einem so wichtig vor. Wer ist deine beste Freundin? Bist du die beste Freundin deiner besten Freundin? Und was bedeutet das für deine andere Freundin, weil du doch nicht zwei beste Freundinnen haben kannst?*

Aber dieser ganze Beste-Freundinnen-Kram ist Quatsch. Lea hat es nicht ertragen, als ich ausgerastet bin. Yana will mir nicht glauben, dass ich diesen Brief nicht geschickt habe. Sie vertraut mir noch nicht mal so viel. Und sie hat es nicht dabei bewenden lassen. Sie musste sich unbedingt an Anthony heranmachen, um mir eins auszuwischen.

Raes Augen glitten zu Anthony. Sie konnte es nicht verhindern. *Wusstest du eigentlich, dass Yana so heiß darauf war, mit dir zusammenzukommen?*, fragte sie lautlos. *Hast du vorher schon etwas mit ihr gehabt? Oder war es weniger kompliziert? Vielleicht greifst du einfach zu, wenn sich die Chance ergibt, mit einem hübschen Mädchen herumzuknutschen? Ohne dass es etwas zu bedeuten hat. Ist es so, Anthony?*

Anthonys Blick traf sich mit ihrem. Er wich ihm nicht aus. Tief in seinen dunklen braunen Augen konnte Rae heftige Gefühle erkennen. Aber was genau? Reue? Zorn? Was nur? *Ich habe keine Ahnung,* durchschoss es Rae. *Ich kenne ihn einfach nicht mehr.*

Sie drängte sich noch näher an Marcus heran. Sie wusste, was er dachte. Sie wusste, was er wollte. Er wollte so viel wie möglich mit ihr zusammen sein. Rae gab ihm einen flüchtigen Kuss auf die Wange, und er lächelte.

„Was machst du heute Abend?", fragte Marcus. „Sollen wir uns treffen? Eine Runde spazieren fahren vielleicht?"

„Gern", antwortete Rae. Wenn ihr Plan erfolgreich war, war das genau das, was sie hinterher gebrauchen konnte. Und wenn ihr Plan schief ging, war es auch egal. Dann war alles egal.

Als Anthony zu den Umkleideräumen lief, fühlten sich seine Füße wie zwei riesige Steinblöcke an. Normalerweise war das Footballtraining der schönste Teil des Tages. Aber beim Training würde er Marcus treffen. Und er wusste, dass die Erinnerungen in seinem Hirn wieder wach werden würden, sobald er ihn ansah. Marcus, wie er Rae an sich zog. Rae, wie sie Marcus auf die Wange küsste. Marcus, der Rae auf den Mund küsste.

Verdammt, allein schon der Gedanke, Marcus zu sehen, hatte die Erinnerungen zum Laufen gebracht. Als würde er immer und immer wieder in den Magen geboxt, während seine Hände auf seinen Rücken gefesselt waren.

Du wolltest doch, dass es so kommt, rief sich Anthony in Erinnerung. Und es war auch immer noch das, was er wollte. Er wollte es nur nicht mit ansehen müssen. Vielleicht konnte er sich ja mit einem Stift die Augen ausstechen.

„Warte mal, Fascinelli", rief eine Stimme hinter ihm.

Anthony erkannte die Stimme sofort. Marcus Salkow.

Marcus kam angetrabt und nahm Anthony spielerisch in den Schwitzkasten. „Hast du es gesehen? Ja?"

Anthony schubste ihn heftiger von sich, als notwendig gewesen wäre.

Marcus schien es aber nicht zu bemerken. „Hast du es gesehen?", wiederholte er.

„Was gesehen?", fragte Anthony, und sein Kopf war voller Bilder von Rae und Marcus. Und irgendwie wurden sie immer schlimmer. Er sah Dinge, die er in Wirklichkeit gar nicht gesehen hatte.

„Rae und ich", antwortete Marcus. „Wir sind wieder zusammen."

Anthony rieb sich mit den Knöcheln seitlich über den Kopf, bis es so weh tat, dass die Bilder verschwanden. „Ja. Toll. Glückwunsch", brachte er hervor.

„Du weißt ja, dass ich das dir zu verdanken habe", sagte Marcus. „Du hast mich ermuntert, dranzubleiben und nicht aufzugeben."

„Ich habe was in meinem Schließfach vergessen. Wir sehen uns drinnen", platzte Anthony heraus, als sie schon an der Sporthalle waren. Er wandte sich um und trabte davon.

„Okay, aber du weißt ja: Ich schulde dir etwas", rief Marcus ihm nach.

Anthony sah sich nicht um. Er lief in die nächste Jungentoilette und warf sich in eine Kabine. *Du benimmst dich wie ein albernes Mädchen,* dachte er. *Versteckst dich im Klo.*

Aber er hatte Marcus einfach loswerden müssen. Und er wollte nicht, dass ihn jemand beobachtete. Denn wenn man es ihm ansehen konnte? Wenn man ihm am Gesicht ablesen könnte, wie sehr ...

Anthony weigerte sich, den Gedanken zu Ende zu führen. Er schleuderte seine Faust gegen die Trennwand der Kabine. Wieder und wieder. Die dünne Wand zitterte. Es war ihm klar, dass er verdammten Ärger bekommen würde, wenn sie zusammenbrach. Trotzdem hörte er nicht auf. Es tat noch nicht genügend weh. Es musste mehr wehtun als der Gedanke an Rae und Marcus. Dann erst würde er aufhören können.

Rae stieg aus dem Bus und ging über die Straße zur Bank. Zumindest die erste Phase ihres Plans war leicht zu bewältigen. Auf den Treppenstufen blieb sie einen Moment stehen und tat so, als suchte sie etwas in ihrem Rucksack, während sie in Wirklichkeit aus dem Augenwinkel die Umgebung betrachtete. *Steve, du beobachtest mich doch, nicht wahr?*, dachte sie. *Das bist doch du, in dem blauen Dodge, der auf der anderen Straßenseite steht? Ich bin mir sicher, dass es so ist. Du hast mir in diesem Wagen schon einmal nachspioniert.*

So. Genug getrödelt. Es war zwar ihre Absicht, dass er sie genau verfolgen konnte, aber sie wollte nicht, dass er diese Absicht bemerkte.

Sie betrat die Bank und lief zu den Schreibtischen. „Guten Tag", wandte sie sich an einen grauhaarigen Mann, der dort saß. „Ich würde gerne einen Safe mieten und möchte mich daher gerne über das System informieren. Könnte ich mir die Safe-Anlage einmal ansehen?"

„Du brauchst wohl einen sicheren Platz für die Liebesbriefe von deinem Freund?", frotzelte der Mann, allerdings nicht auf unangenehme Art.

„So ähnlich", antwortete Rae. *Wenn mein Leben nur wirklich so einfach wäre, wie dieser Typ es sich vorstellt!*, dachte sie.

„Dann komm mal mit. Wir machen eine kleine Führung", sagte der Mann und erhob sich. „Mein Name ist übrigens Jimmy Baylis."

„Rae Voight." Rae folgte Mr Baylis in den hinteren Teil der Bank. Er schloss eine Tür auf und bat sie in einen Raum, in dem sich Dutzende von Metallschubladen befanden – so sah es jedenfalls aus.

„Nimm bitte Platz", sagte Mr Baylis.

Rae setzte sich an einen der drei langen Tische und verschränkte die Hände im Schoß. Sie konnte jetzt keine fremden Gedanken in ihrem Gehirn gebrauchen.

„So sehen die Safes also aus. Ein bisschen wie die Schubladen in einer Kleiderkommode. Nur kleiner. Und sie befinden sich eben nicht an deiner Kommode", sagte Mr Baylis. Er schloss einen Safe auf, zog die Metallbox heraus und stellte sie vor Rae auf den Tisch. „Und sie sind natürlich viel sicherer."

„Sieht gut aus", antwortete Rae. „Und man zahlt, äh, eine monatliche Miete?" Eigentlich interessierte sie die Antwort überhaupt nicht. Aber wegen des Plans musste sie mindestens ein paar Minuten hier bleiben. Lange genug, dass Steve Mercer denken konnte, sie hätte etwas aus einem Safe geholt.

„Eine jährliche Miete", antwortete Mr Baylis. „Es sei denn, du hast viel Geld auf einem unserer Konten." Er zwinkerte ihr zu. „Dann ist es kostenlos."

„Und, äh, gibt es auch noch andere Größen?", fragte Rae. Zum Teil, weil sie wegen des Plans noch Zeit schinden musste. Aber auch weil sie Angst hatte, wieder zu gehen –

wie sie sich eingestehen musste – und den Rest ihres Plans in die Tat umzusetzen.

„Ja, es gibt auch noch andere Größen", antwortete Mr Baylis. „Und es gibt auch eine Kabine, in die man gehen kann, wenn man seinen Safe öffnet und vermeiden will, dass jemand sieht, was man eingelagert hat."

„Aha. Gut. Ich glaube, das wäre es dann. Danke", sagte Rae. Ihre Stimme klang gepresst.

„Gern geschehen", sagte Mr Baylis und geleitete sie wieder hinaus.

Mit zitternden Knien kehrte Rae in den Schalterraum der Bank zurück. Dabei hätte man gar nicht denken sollen, dass Knie tatsächlich zittern konnten. Sie waren doch eigentlich hart und aus Knochen, nicht wahr? Aber sie wackelten wie verrückt.

„Jetzt beginnt Phase zwei", flüsterte Rae. Sie zog einen dicken großen braunen Umschlag aus ihrem Rucksack, dann trat sie hinaus ins Sonnenlicht. *Ich trage extra Pink, damit du mich auch leicht sehen kannst, du Bastard*, dachte Rae. So lässig wie möglich ging sie zurück zur Bushaltestelle und war froh, als sie sah, dass der blaue Dodge noch auf der anderen Straßenseite parkte.

Soweit läuft alles nach Plan, dachte sie, als sie sich neben den Pfahl stellte, an der das Metallschild mit der Busroute befestigt war. Sie angelte einen Briefumschlag aus ihrer Tasche, holte die Geburtstagskarte heraus, die sich darin

befand, und schlug sie auf. Sie wollte nur sichergehen, dass
alles darin stand, was darin stehen musste:

Lieber Steve,
ich darf doch Steve zu Ihnen sagen, oder? Sie kennen mich
schließlich schon so gut. Also, Steve, am Samstag hatte ich Ge-
burtstag. Und ich habe ein Geschenk von meiner toten Mutter
bekommen. Sie hat wohl geahnt, dass sich mit meiner Pubertät
gewisse Fähigkeiten entwickeln könnten. Und sie wusste, dass
ich mich dann in Gefahr befinden würde. Darum hat sie mir ei-
ne Waffe an die Hand gegeben. Informationen, die ich gegen Sie
verwenden kann. Dinge, die die Polizei liebend gern sehen wird.
Wie Sie wissen, lassen sich Gewebeproben sehr lange Zeit auf-
bewahren. Und Fingerabdrücke? Die halten fast ewig.
Ich bin bereit, Ihnen die Beweisstücke zu überlassen – sofern Sie
bereit sind, mir alles über die Gruppe zu erzählen und was ge-
nau mir die Kräfte verliehen hat, die ich besitze. Ach, und da ist
noch etwas: Sie werden die Stadt für immer verlassen müssen.
Ich erwarte Sie in unserem Motel.
Küsse,
Rae

Das sagt eigentlich alles, dachte Rae. Aus dem Augenwinkel
sah sie, dass sich einige Leute von der Bank neben der Bushaltestelle erhoben. Sie sah kurz die Straße entlang. Ja, da
kam ihr Bus. Schnell steckte Rae die Karte zurück in den

Umschlag und klebte ihn zu. Sie nahm einen dicken Filzstift und schrieb in Blockbuchstaben STEVE MERCER darauf. Als der Bus an die Haltestelle rollte, holte Rae eine Rolle Isolierband aus ihrer Tasche und klebte den Umschlag an die Metallstange. Wobei sie darauf achtete, dass der Name in die Richtung des blauen Wagens zeigte.

Die Türen des Busses schlossen sich bereits. „Moment, ich muss noch mit", rief Rae. Die Türen öffneten sich wieder, und Rae stieg ein. *Er muss den Umschlag einfach sehen,* dachte sie. *Er klebt ja praktisch an seiner Windschutzscheibe. Er wird anbeißen. Ich bin mir ganz sicher.*

***

Rae überprüfte noch mal das Isolierband, mit dem sie den kleinen Kassettenrekorder an der Unterseite des Nachttisches im Raum 212 des Motel 6 befestigt hatte – ihrer zweiten Heimat. Dann drückte sie den Aufnahmeknopf, wobei sie einen Fetzen ihrer eigenen ängstlichen Gedanken aufnahm. Als wenn nicht schon genug davon in ihrem Kopf herumgeschossen wären! *Das Band läuft eine Stunde lang,* überlegte sie. *Das muss reichen. Die Sache wird in weniger als einer Stunde abgehandelt sein, so oder so.*

O. k., jetzt die Kamera. Raes Videokamera war zwar nicht allzu groß, aber sie war eben auch kein kleines Spionage-Gerät. Sie ließ ihre Augen durch das Zimmer gleiten. Es gab nicht viele geeignete Plätze, an denen man sie verstecken konnte.

Beeil dich. Du musst dich beeilen. Er kann jeden Augenblick hier sein. Dieser Gedanke brachte Rae auf Trab. Sie lief zum Fenster und klebte die Kamera an den Fensterrahmen, wobei sie Gedanken empfing, die ihr wie Echos vorkamen, da sie dieselben immer noch dachte.

/ *was ist wenn* / *Dad wird niemals* / *Mercer ist der Mörder* / *weiss nicht* / *mein Gott!* /

Viel zu auffällig, stellte Rae fest. Aber sie hatte keine Zeit mehr, um eine bessere Stelle zu finden. Sie zupfte den Vorhang um die Kamera zurecht und betete, dass es wie eine natürliche Falte aussah, dann klebte sie den Vorhang fest.

„Klappe", murmelte sie, als ihr wieder ihre alten Gedanken durch den Kopf schossen. Danach entfernte sie sich vom Fenster und setzte sich auf die äußerste Kante des Bettes. *Vielleicht ist er ja abgelenkt,* hoffte sie. *Und selbst wenn er die Kamera findet, dann ist da immer noch ...*

Ein leises Klopfen riss sie aus ihren Gedanken. Das war er! Sie stand auf und ging zur Tür. Ihre Knie zitterten so schrecklich, dass die Wellen ihre gesamten Beine hinunterliefen. Rae sah durch den Türspion. Es überraschte sie nicht, wen sie dort erblickte. Trotzdem fühlte sie ihr Herz noch ein wenig heftiger klopfen. Es war der Mann, der sich als Gasmann ausgegeben hatte. Sie hatte in ihrem eigenen Garten ganz nah neben dem Mörder ihrer Mutter gestanden – und hatte keinen Schimmer gehabt. Jetzt trug er einen Anzug und eine Krawatte und wirkte etwa so beängstigend wie Mr Baylis aus der Bank. Und genauso ruhig. Als wenn es um nichts Besonderes ginge.

Jetzt beginnt die letzte Phase des Plans, dachte Rae. Sie öffnete die Tür und trat zurück in die Mitte des Raumes. „Reden Sie", platzte Rae heraus. „Reden Sie, und wenn ich alles gehört habe, was ich hören will, bringe ich Sie zu den Beweisstücken. Sie sind an einem sicheren Ort. Aber ohne mich werden Sie nie an sie herankommen."

Mercer schloss langsam die Tür hinter sich. Er trat ins Zimmer, ging auf Rae zu, dann nahm er vom Tisch gegenüber dem Bett einen Stuhl und setzte sich. Er sah Rae an. Er sah sie einfach nur an und wartete ab, was als Nächstes geschah. Ohne auch nur im Geringsten nervös zu sein.

Warum sollte er das auch sein?, dachte Rae, und Panik stieg in ihr auf. *Hast du vergessen, wie viele Leute er umgebracht hat? Und du hast wirklich gedacht, dass er Angst vor dir haben müsste!*

Der Beweis, rief sie sich in Erinnerung. *Du hast den Beweis.* Natürlich hatte sie in Wirklichkeit überhaupt keinen Beweis. Es gab keinen Beweis. Aber das durfte sie ihn nicht merken lassen. Sonst würde sie diesen Raum nie mehr lebend verlassen.

„Ich habe dafür gesorgt, dass jemand die Sachen holt, wenn wir in einer halben Stunde nicht dort sind, wo ich sie hinterlegt habe", log Rae. Himmel, vielleicht hätte sie lieber eine Viertelstunde sagen sollen? Oder zehn Minuten. Oder sogar fünf. Aber er sollte Zeit haben, ihr alles zu erzählen.

„Fangen Sie damit an, was Sie mit meiner Mutter gemacht haben."

„Ich kann verstehen, dass du wütend bist. Aber ich bin nicht der, den du eigentlich suchst", sagte Mercer. Er legte einen Fuß auf sein gegenüberliegendes Knie.

„Wollen Sie mir etwa erzählen, Sie hätten meine Mutter nicht umgebracht?", brach es aus Rae heraus. Das hatte sie nicht sagen wollen. Er sollte alle Informationen selbst herausrücken. Damit es auf dem Band nicht so klang, als hätte sie ihm die Worte in den Mund gelegt. Aber egal. Es war jetzt nicht mehr zu ändern.

Mercer rieb sich mit den Knöcheln die Schläfen. „Doch, ich habe sie umgebracht", antwortete er.

Rae sank auf die Bettkante. Sonst wäre sie an Ort und Stelle zusammengebrochen. Ihre Beine trugen sie nicht mehr. Er gab es zu. Einfach so. Ganz ruhig. Ganz rational. Und eiskalt. Er sagte es in einem Ton, wie jemand zugibt, dass er den Klodeckel nicht zugeklappt oder vergessen hat, eine Tür abzuschließen. Eine Kleinigkeit. Nicht weiter wichtig. Rae hatte Mühe, sich nicht auf den Mann zu stürzen und ihn mit bloßen Händen zu erwürgen. Aber sie musste auch den Rest erfahren – sie musste einfach alles erfahren.

„Ich hatte keine Wahl", fuhr er fort. „Der Nutzen für viele überwiegt den Nutzen des Einzelnen oder der Wenigen. Du bist doch ein kluges Mädchen. Du wirst das verstehen."

„Sind Sie überhaupt ein Mensch?", stieß Rae zwischen zu-
sammengepressten Zähnen hervor. Dann zwang sie sich,
sich wieder darauf zu konzentrieren, was sie wollte. Ein
Geständnis. Auf Band. „Können Sie mir sagen, wie Sie es
gemacht haben? Ich ... ich habe mich das schon so oft gefragt. Hatte sie Schmerzen? Bitte, ich muss es wissen." Rae
hatte ihre Stimme zitternd und flehend klingen lassen wollen – und es fiel ihr nicht schwer.

„Der Virus, mit dem ich sie infiziert habe, hat sehr schnell
gewirkt. Und ich bin sicher, dass ihre Ärzte sich gut um sie
gekümmert haben", antwortete Mercer. Dann lächelte er
sie an. Tatsächlich, er lächelte! „Mit Morphium, schätze ich.
Du brauchst keine Angst zu haben, dass sie Schmerzen gehabt hat."

Nein, ich muss nur immer daran denken, dass sie tot ist, dachte Rae. *Er ist verrückt. Er ist einfach verrückt, wie er dasitzt und
mich anlächelt. Als wenn ihm wirklich daran läge, mich zu
beruhigen.*

„Sie haben gesagt, Sie sind nicht der, den ich eigentlich
suche", fuhr sie vorsichtig fort. „Aber Sie haben sie umgebracht. Und das verstehe ich einfach nicht: Wer ist es denn,
den ich suchen soll?"

„Ich habe nicht gesagt, dass du nach einer anderen Person
suchen sollst", sagte Mercer. „Ich habe nur gesagt, dass ich
für den Tod deiner Mutter nicht verantwortlich bin. Verantwortlich ist die Frau, die die Experimente in Auftrag ge-

geben hat. Ich wusste nicht, dass sie für die Regierung arbeitete. Ich wusste auch nicht, was sie eigentlich wollte. Ich hätte das, was ich getan habe, nie getan, wenn sie mich nicht für ihre Zwecke benutzt hätte."

„Hat sie auch in Auftrag gegeben, meine Mutter umzubringen? Hat sie angeordnet, Amanda Reese zu töten?", fragte Rae.

Mercers Augen öffneten sich ein kleines Stück weiter, aber so wie er dort saß, hätten sie immer noch hier sitzen und sich über Näharbeiten oder mathematische Probleme unterhalten können. „Nein, das habe ich allein entschieden", antwortete Mercer. „Ich musste es tun. Weil niemand anders die Verantwortung übernehmen wollte. Weißt du, was in einer Welt geschieht, wo niemand die Verantwortung übernimmt?"

Seine Stimme war lauter geworden, und seine Atmung hatte sich beschleunigt. Rae konnte seinen schnellen, stoßweisen Atem von ihrem Platz auf der Bettkante aus hören. „Ich werde dir sagen, was dann passiert", fuhr Mercer ohne Pause fort. „Es gibt Chaos." Er schüttelte heftig den Kopf. „Die Experimente hatten sie verändert. Allesamt. Aber deswegen brachte ich sie nicht um. Nicht, bis ich Anzeichen feststellte. Ich habe sie nur beobachtet. Beobachtet und alles dokumentiert. Aber sobald ich ein Anzeichen feststellte, habe ich die Verantwortung übernommen."

„Und dann haben sie sie umgebracht", sagte Rae leise. Auf

Mercers Stirn waren Schweißperlen ausgebrochen. Rae hingegen fror. Sie fror bis ins Mark.

„Ja!", rief Mercer aus. Er sprang von seinem Stuhl auf und begann auf und ab zu gehen. „Ich. Habe. Verantwortung. Übernommen. Ich bin zu der psychiatrischen Klinik gefahren, in der sich deine Mutter befand, und habe mich wie ein Pfleger angezogen. Es war ganz einfach. Die Spritze mit dem Virus hatte ich in meiner Tasche. Ich habe ihr Zimmer betreten, habe das Virus in ihre Infusion gespritzt und bin wieder gegangen."

In Raes Innerem bildete sich Eis. Jeder Atemzug war eine Anstrengung. Ihre Lungen mussten das Eis brechen, um sich ausdehnen zu können und Sauerstoff zu bekommen. Aber sobald sie die Luft ausstieß, fühlte Rae, dass sich das Eis aufs Neue bildete.

„Sie war gefährlich, Rae. Sie musste sterben. Es war besser für dich, dass es geschah", fuhr Mercer fort und ging schneller und schneller hin und her. Plötzlich blieb er unmittelbar vor Rae stehen. „Ich hatte gehofft, dass die nächste Generation nicht infiziert sein würde. War sie aber doch. Wie du weißt. Trotzdem wartete ich ab. In der Hoffnung, dass es keine Anzeichen geben würde. Dass eine Mutation auftreten würde, die das G-2 gutartig machen würde. Aber als du im Frühjahr deinen Zusammenbruch hattest – ich hatte gehofft, dass ich dieses Anzeichen nicht hätte sehen müssen. Und dein Verhalten heute beweist mir, dass ich mit meinen Befürchtungen wegen dir Recht hatte."

Er beugte sich über sie, so nah, dass Rae seinen heißen, schnellen Atem auf ihrem Gesicht spüren konnte. Sie selbst hatte Mühe zu atmen. Die Eissplitter stachen, sobald ihre Lungen sich dehnten, und durchbohrten Rae mit Schmerzen.

„Ich habe dich nicht umbringen wollen, Rae. Aber ich muss Verantwortung übernehmen."

Raes Atem gefror in ihrer Brust, als Mercer jetzt ein paar Gummihandschuhe anzog und eine Pistole aus seiner Jackentasche nahm. Er drückte ihr den Kiefer auf und schob das Metallrohr zwischen ihre Zähne.

Es versengte das kalte Fleisch ihres Mundes. *Was soll ich tun? Was soll ich nur tun?*, dachte Rae. Aber sie konnte nichts tun. Sie hatte eine Pistole im Mund, und ihre einzige Möglichkeit war, sich nicht zu rühren und ... und ...

Mercer presste Raes Finger um die Pistole herum. Sie empfing keinen einzigen Gedanken. Die einzigen Fingerabdrücke auf der Pistole würden ihre eigenen sein.

„Es ist traurig, wie viele Teenager sich umbringen", sagte Mercer, während er ihren Zeigefinger in die richtige Position brachte.

„Der Beweis", konnte Rae trotz der Pistole in ihrem Mund ausstoßen. „Der Beweis", wiederholte sie, als er sie nur leer ansah.

„Der Beweis wird beweisen, dass ich nur für die Menschheit gehandelt habe", antwortete Mercer. Er klang jetzt wieder ganz ruhig. Ruhig und entschlossen.

Ich werde sterben, dachte Rae. *Mein Vater* ...

Die Tür des Motelzimmers flog auf. Mercer blickte nach dem Geräusch. Rae konnte sich die Pistole aus dem Mund reißen und sie auf die andere Seite des Zimmers schleudern. Das Metall schmeckte wie Gift auf ihrer Zunge.

„Bleibt, wo ihr seid, alle beide!", befahl ein Mann. Raes Blick flog zu der Stimme. In der Tür standen drei Männer. Und auf dem Flur waren noch mehr. Sie trugen alle Masken. Und hatten Pistolen, schmale Hightech-Geräte.

„Wer ...", sagte Rae. Aber bevor sie ein weiteres Wort hervorbringen konnte, riss Mercer sie auf die Füße und hielt sie vor sich. Ein Schutzschild. Er benutzte sie als Schutzschild.

Alle drei Männer hatten ihre Pistolen auf Mercer gerichtet. Auf Mercer, und damit auch auf Rae. „Runter mit den Waffen, sonst bringt ihr sie um", rief Mercer ihnen zu.

Rae fühlte einen Luftzug über ihrem Kopf. Dann ging Mercer zu Boden und riss sie mit sich. Noch bevor sie ihn ansah, wusste Rae, dass er tot war. Sie rappelte sich auf, bis sie stand, und sah auf ihn herab. Seine Augen starrten sie leer an. Das kleine Einschussloch in der Mitte seiner Stirn sah aus wie eine dritte Auge.

Sie hätten mich umbringen können, dachte Rae, als sie sich umdrehte und die Männer ansah. *Aber das hat sie nicht gehindert. Wollen sie mich etwa auch töten?* Die Gedanken krochen langsam durch ihr kaltes, taubes Hirn. Als einer von den Männern auf sie zu trat, wich sie nicht aus. Er zog ein paar Handschellen hervor.

„Nein!", rief ein anderer Mann vom Flur aus. Der Mann mit den Handschellen trat beiseite und der Mann, der vom Flur aus gerufen hatte, kam zu Rae. „Wenn du von hier verschwindest und keine weiteren Versuche anstellst, an Informationen über die Gruppe heranzukommen, wird man dir erlauben, am Leben zu bleiben."

Rae erkannte die Stimme wieder. Es war Aiden, der da vor ihr stand.

„Denk nicht, dass wir es nicht mitbekommen werden. Du wirst beobachtet. Und du wirst sofort umgebracht, wenn du nicht tust, was ich dir sage."

Rae nickte. Sie bahnte sich mit den Eisstöcken, die ihre Beine darstellten, einen Weg zur Tür. *Sie haben das Versteck für meinen Kassettenrecorder schon gefunden,* dachte sie benommen, als sie aus dem Augenwinkel einen Mann danach greifen sah. *Und die Kamera werden sie auch gleich haben.*

„Lass die Finger davon, Rae", rief Aiden ihr nach. „Es ist alles vorbei."

Es ist alles vorbei, wiederholte Rae im Stillen, als sie das Zimmer verließ. Die Männer auf dem Flur machten Platz, um sie durchzulassen.

Einer von ihnen wird mir nach Hause folgen, schoss es ihr durch den Kopf. *Von jetzt an wird mir immer einer von ihnen folgen.*

Sie stakste auf ihren kalten, tauben Füßen den Flur entlang. Es ist alles vorbei. *Das habe ich jedenfalls gedacht. Ich habe gedacht, dass nach diesem Tag alles vorbei sei – so oder so. Aber was Aiden auch sagt – es ist nicht vorbei. Und es wird niemals vorbei sein.*

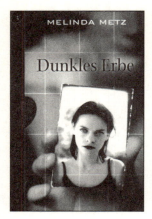 

Melinda Metz

Dunkles Erbe

Anthony hat mir geholfen, eines meiner Geheimnisse zu entschlüsseln. Er hat mir gezeigt, dass ich nicht verrückt bin.
Ich wollte ihm dafür danken und ihm helfen, das zu finden, wonach er sich sein ganzes Leben lang gesehnt hat. Doch er denkt, ich habe ihn betrogen. Er versteht nicht, dass die Antworten, die ich gefunden habe, schockierend sind – für ihn und für mich.

Gefährliches Geheimnis

Als alle, denen ich vertraute, mich im Stich ließen, war Anthony für mich da. Er war der Einzige, der mir geholfen hat. Ohne ihn wäre ich nicht mehr am Leben.
Doch jetzt scheint er Wichtigeres zu tun zu haben, und ich bin allein. – Allein mit dieser Person, die mich beobachtet und irgendwo da draußen auf ihre Chance wartet ...

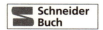